우리 시대의 아이

우리 시대의 아이

외덴 폰 호르바트 | 조경수 옮김

문예출판사

Ein Kind unserer Zeit

Ödön von Horváth

차례

만물의 아버지 • 7
마법의 성 • 24
대위 • 40
거지 • 48
교수형을 당한 자의 집 • 63
개 • 87
잃어버린 아들 • 92
생각하는 동물 • 108
난쟁이 왕국 • 119
군인의 신부 안나 • 132
눈사람 • 165

작품 해설 • 174
외덴 폰 호르바트 연보 • 181

만물의 아버지

나는 군인이다.

그리고 나는 군인인 게 좋다.

아침에 초원에 서리가 내려 있거나 저녁에 숲에서 안개가 몰려오면, 낟알이 물결치고 낫이 번쩍이면, 비가 오건 눈이 내리건 태양이 웃음짓건 낮이건 밤이건, 항상 나는 대오를 지어 서 있는 것이 기쁘다.

이제 내 존재는 갑자기 다시 의미를 갖게 되었다! 나는 내 젊은 인생을 어찌해야 할지 몰라 완전히 절망했었다. 세상은 아무 희망도 없었고 미래는 완전히 죽어버렸다. 나는 미래를 진작에 파묻어버렸다.

그런데 이제 나는 그것을, 내 미래를 되찾았고 무덤에서 부활한 녀석을 다시는 놓아주지 않을 작정이다.

지금부터 채 반년도 되지 않은 그날, 내가 징병 검사를 받을 때 나의 미래는 군의관 소령 옆에 서 있었다. "합격!"이라고 군의관이 말하자 미래는 내 어깨를 두드려주었다. 나는 지금도 그 감촉을 느낀다.

그리고 3개월 후, 내 빈 옷깃에 별이, 은빛 별이 달렸다. 과녁을 연속으로 명중시킨 덕분이었다. 중대 최고의 명사수. 나는 일등병이 되었고 벌써 좀 대단해졌다.

특히 내 나이에 비하면.

왜냐하면 나는 우리 중에 거의 제일 어리기 때문이다.

하지만 그저 겉으로만 그렇게 보일 뿐이다.

사실 난 훨씬 더 나이가 많다, 특히 내적으로는. 그리고 그렇게 된 데는 딱 한 가지 원인이 있을 뿐이다. 바로 몇 년 동안 실업자였던 것이다.

학교를 졸업하자 나는 실업자가 되었다.

신문들, 조간과 정오 신문, 석간 등을 찍어내는 커다란 기계들을 좋아했기 때문에 나는 인쇄공이 되려고 했다.

하지만 아무것도 할 수 없었다.

모든 게 헛수고였다!

어디 변두리 인쇄소에서조차 견습생 자리를 구할 수 없었다. 시내는 말할 것도 없고!

커다란 기계들이 말했다.

"우리에겐 이미 필요 이상으로 사람이 많아. 우습지, 우리를 네 머릿속에서 떨쳐버리라고!"

나는 그들을 내 머릿속에서, 또 마음속에서 몰아내버렸다. 인간은 다 자존심이 있는 법이다. 일자리가 없는 놈조차도.

너희들 꺼져버려, 이 비열한 바퀴, 인쇄기, 피스톤, 전동장치 놈들아! 꺼지라고!

그리고 나는 자선 활동에 의탁했다. 처음에는 국가의, 그다음에는 민간의.

그때 난 수프 한 접시를 타려고 긴 줄에 서서 기다렸다. 어느 수도원 문 앞에서.

교회 지붕에는 석조상 여섯 개가 서 있었다. 남자 다섯과 여자 하나인 여섯 성자(聖子)가.

나는 수프를 떠먹었다.

눈이 내렸고 성자들은 높다란 하얀 모자를 쓰고 있었다. 나는 모자가 없었고 이슬을 기다렸다.

해가 길어졌고 거친 바람이 따뜻해졌다.

나는 수프를 떠먹었다.

어제 나는 그것을 다시 보았다, 첫 새싹을.

나무에는 꽃이 피고 여자들은 속이 훤히 보인다. 나도 속이 훤히 보이게 되었다.

재킷이 다 해지고 바지도 똑같은 처지가 되었기 때문이다. 사람들이 나를 거의 피해 갈 지경이다.

많은 생각이 머릿속을 이리저리 스쳐 지나간다.

수프를 한술 뜰 때마다 그 생각들이 점점 혐오스러워진다.

갑자기 나는 그만둔다.

양철통을 돌바닥에 내려놓는다. 양철통은 아직 반쯤 차 있고 내 위는 꾸르륵거리지만, 더 먹고 싶지 않다.

더는 싫다고!

지붕 위의 여섯 성자는 푸른 허공만 쳐다보고 있다.

그래, 더는 싫다, 이 따위 수프! 날마다 똑같은 국물이라니! 이 멀건 수프를 쳐다보기만 해도 벌써 속이 메슥거린다!

그걸 쏟아버려, 네 수프를!

버려! 쓰레기통에나 처넣으라고!

지붕 위의 성자들이 비난에 찬 눈초리로 나를 바라본다.

그 위에서 빤히 보고 있지만 말고 이 밑에 와서 나나 도와주시지!

나는 새 재킷이, 멀쩡한 바지가 필요하다고. 다른 수프도!

기분 전환, 신사 숙녀 여러분! 기분 전환 말이야!

구걸을 하느니 차라리 도둑질을 하겠어!

우리 줄에 있던 다른 많은 사람들도 나와 똑같은 생각을 했다. 늙은이들과 젊은이들이. 그들은 제일 나쁜 사람들은 아니었다.

그래, 우리는 많이 훔쳐댔다. 대개는 급한 식료품이었지만 담배와 귤련, 맥주와 포도주도 있었다.

우리는 대개 교외의 주말농장을 찾아갔다. 겨울이 다가와 행복한 농장 주인들이 자기 집의 따뜻한 부엌에 있을 때면 말이다.

나는 두 번이나 거의 붙잡힐 뻔했다. 한번은 탈의실에서였다.

하지만 나는 들키지 않고 도망쳤다.

마지막 순간에, 빙판 위로.

만약 그때 형사한테 붙잡혔다면 나는 지금 전과자가 되어 있을 것이다. 하지만 빙판이 나를 도왔고 형사는 벌렁 나자빠졌다.

그리고 내 서류는 계속 백합꽃처럼 하얀 상태다.

내 기록에 과거의 그림자는 전혀 없다.

그래도 나는 반듯한 사람이고 그저 내 처지가 너무 절망적이라 바람 속의 갈대처럼 그렇게 흔들렸을 뿐이다. 암울했던 6년 동안 점점 탈선의 늪에 빠져들었고 마음은 점점 더 슬퍼졌다. 그래, 난 정말이지 아주 비참했다.

하지만 이제 나는 다시 기쁘다!

이제는 내가 어디 속하는지 알기 때문이다.

이제 더는 내일 먹을 게 있을지 걱정하지 않는다. 군화가 닳으면 기워주고 양복이 다 해지면 새 양복을 얻고, 겨울이 오면 우린 외투를 보급받을 거다. 크고 따뜻한 외투를. 난 벌써 그것들을 보았다.

더는 빙판의 도움을 받을 필요가 없다!

지금은 모든 게 확고하다.

마침내 질서가 잡혔다.

일상의 걱정들아, 안녕!

이제 항상 누군가 네 옆에 있다.

좌우로, 밤낮으로.

"정렬!"

명령이 울려 퍼진다.

우리는 대오를 맞춘다.

연병장 한가운데에.

그런데 병영은 도시만큼이나 커서 절대 한눈에 들어오지 않는다.

우리는 중기관총과 경기관총을 가진 보병이지만, 이제 겨우 일부만 기계화되었을 뿐이다. 나는 아직 기계화되지 않았다.

대위가 우리 대열을 사열하고, 우리는 눈으로 그를 좇는다. 그가 세 번째 병사를 지나가자 다시 앞을 응시한다. 꼿꼿한 부동자세로. 우리는 그렇게 하라고 배웠다.

질서가 있어야 한다!

우리는 규율을 사랑한다.

규율은 일자리가 없던 젊은 시절의 온갖 불안을 겪은 후에 우리에게 찾아온 천국이다.

우리는 대위도 사랑한다.

그는 멋있는 사람이다. 공정하고 엄하고, 이상적인 아버지다.

대위는 매일 천천히 우리를 사열하고, 모든 게 제대로 되어 있는지 살펴본다. 단추가 잘 닦여 있는지만 살피는 게 아니다. 그의 시선은 무장을 뚫고 우리의 영혼 속을 들여다본다. 우리 모두 그것을 느낀다.

대위는 거의 웃지 않는다. 지금까지 그가 웃는 것을 누구도 본 적이 없다.

우리는 가끔 그에게 연민을 느끼다시피 하지만 결코 그를 기만할 수는 없다. 우리는 대위처럼 되고 싶다. 우리 모두가 그렇다.

반면에 우리 중위는 완전히 딴판이다. 그도 공정하기는 하지만 별안간 지독하게 화를 내며 아주 사소한 일, 정말 아무것도 아닌 일로 고함을 칠 때가 많다. 하지만 우리는 그에게 화나 있지 않다. 중위는 그저 너무 과로한 탓에 신경이 몹시 날카로워져 있을 뿐이다.

그는 참모부에 들어가고 싶어 하고 그래서 밤낮으로 공부한다. 언제나 손에 책을 들고 읽고 있다.

그에 비하면 우리 소위는 그저 애송이일 뿐이다. 소위는 우리와 거의 동년배다. 그러니까 대략 스물두 살쯤 되었다. 그 역시 고함치고 싶을 때가 많지만, 제대로 고함칠 용기가 없다. 그래도 소위는 굉장한 스포츠맨이고 우리 중 최고의 단거리 주자이기 때문에 우리는 그를 좋아한다. 그는 멋들어진 폼으로 달린다.

게다가 군대라는 것은 스포츠와 아주 비슷하다.

군대가 가장 멋진 스포츠라고까지 말하고 싶을 정도다. 군대에서는 기록만이 중요한 게 아니기 때문이다. 여기서는 그 이상의 것이 중요하다. 바로 조국이다.

한때 내가 조국을 사랑하지 않은 적이 있다. 그때는 매국노 같은 녀석들이 통치했고, 어둡고 초국가적인 세력들이 지배했다. 내가 아직 살아 있는 것은 그들의 공이 전혀, 결코 아니다.

지금 내가 대오를 지어 행진할 수 있는 것 또한 그들의 공이 아니다.

오늘 내게 다시 조국이 있는 것은 그들의 공이 아니다.

강력하고 힘 있는 제국, 전 세계의 빛나는 모범이여!

언젠가 세계도 지배하리라, 전 세계를!

조국이 명예를 되찾은 이후로 나는 조국을 사랑한다! 이제 나 역시 내 명예를 되찾았기 때문이다!

더는 구걸하지 않아도 되고, 더는 도둑질할 필요도 없다.

이제 모든 것이 달라졌다.

그리고 더 철저히 달라질 것이다!

다음번 전쟁은 우리가 승리할 것이다. 결단코!

우리 지도자들은 모두 항상 평화에 대해 열광적으로 떠들어대지만, 나와 내 동료들은 그저 서로 눈짓을 할 뿐이다. 우리 지도자들은 교활하고 영리해서 남들을 능히 속일 것이다. 그들처럼 거짓말 기술에 통달해 있는 사람도 없으니까.

거짓이 없으면 삶도 없다.

우리는 항상 그저 대비할 뿐이다.

우리는 매일 정렬하고 정문을 향해 나아간다, 보조를 맞춰서.

우리는 시내를 행진한다.

민간인들은 우리를 즐겁게 쳐다본다. 단지 몇몇 예외만이 마치 우리한테 화가 난 것처럼 시선조차 주지 않을 뿐이다. 그건 언제나 노인들이다. 더는 가치도 없는 자들. 그래도 그들이 시선을 돌리거나 단지 우리를 보지 않으려고 갑자기 진열창 앞에 멈춰 서면 우리는 화가 치민다. 그들이 결국 우리를 볼 때까지, 그러니까 진열창 유리에 우리 모습이 비치는 것을 그들이 알아차릴 때까지는. 그러면 그들은 붉으락푸르락하며 화를 낸다.

그래, 당신들 신사 숙녀 여러분, 구닥다리들, 폐기 처분된 양반들아, 당신들이 아무리 김빠지게 평화주의니 뭐니 떠들어봤자 우리에게서 벗어나지 못할 거야! 어디 고급 식품, 장난감, 책, 브래지어나 들여다보시지. 그래 봤자 어디서나 우리를 보게 될 거야!

우리는 진열창을 통해서도 행진하니까!

우리가 당신들 마음에 들지 않는다는 건 우리도 알아!

나는 당신들을 이미 잘 알고 있지, 구석구석!

내 아버지도 비슷한 부류다.

아버지도 내가 행진하는 것을 보면 시선을 돌릴 거다.

그는 군수산업을 증오하기 때문에 우리 군인들을 좋아하지 않으며, 군수산업가들이 돈을 벌어도 되는지 안 되는지가 세상의 가장 중요한 문제인 것처럼 군다.

성실하게 납품만 한다면야 돈을 벌어도 되지 뭐!

훌륭한 대포, 탄약 그리고 모든 대용품을!

그건 우리 신세대들에게는 더는 문제가 되지 않는다.

인간의 삶에서 최고의 것은 조국이라는 사실을 우리는 이미 깨달았기 때문이다. 조국보다 더 중요한 것은 없다. 다른 건 전부 무의미할 뿐이다. 아니면 기껏해야 그저 부수적일 뿐.

조국이 잘되면 그의 아이들 전부가 잘된다. 조국이 잘 안 되면 그의 아이들이 전부 다 잘 안 되는 것은 아니지만, 살아 있는 민족 공동체라는 관점에서 몇몇 예외는 중요하지 않다.

그리고 조국은 두려움의 대상이 되어야만, 그러니까 자기만의 날카로운 무기를 소유하고 있어야만 잘된다.

그리고 우리가 바로 그런 무기다.

나도 거기에 속한다.

하지만 그릇된 방향으로 빠져버린 사람들이 여전히 남아 있고, 그들은 이런 당연한 상관 관계를 보지 못한다. 그들은 아직도 19세기에 뿌리를 두고 있는 졸렬한 이데올로기에 사로잡혀 있기 때문에 이런 상관 관계를 보려고도 하지 않는다. 나의 아버지도 이런 무리

가운데 하나다.

그들은 슬픈 무리다.

패배한 군대.

아버지는 거짓말쟁이다.

아버지는 1917년부터 3년 동안 전쟁포로로 잡혀 있다가 1919년 말에야 겨우 귀향했다. 나로 말하자면 1917년에 태어났으니, 이른바 전쟁둥이다. 하지만 물론 난 그 세계대전을 하나도 기억하지 못한다. 그리고 그 이후의 시기, 이른바 전후 시기라는 것도. 그저 가끔씩 아주 어렴풋한 기억이 날 뿐이다. 제대로 된 기억은 대략 1923년부터 시작한다.

아버지의 직업은 웨이터다. 팁으로 먹고사는 노동자. 아버지는 세계대전 때문에 사회적으로 신분이 하락했다고 주장한다. 1914년 이전에는 오로지 일류 레스토랑에서만 일했는데 지금은 저 밖 변두리에서 아주 그렇고 그런 식당에 처박혀 있기 때문이다. 왜냐하면 아버지는 포로 생활을 한 다음부터 다리를 저는데, 고급 식당에 절름발이 웨이터란 있을 수 없는 법이다.

하지만 그런 개인적 비극이 있더라도 아버지가 전쟁을 욕할 권리는 없다. 전쟁은 자연법칙이니까.

아버지는 한마디로 불평꾼이다. 내가 아직 아버지 방에 얹혀살았을 때 우리는 날마다 다투었다. 아버지는 항상 돈 있는 사람들을 욕하고, 그러면서 또 그들을 동경한다. 그저 팁밖에 생각하지 않으니까 기꺼이 그들 앞에서 머리를 조아릴 것이다! 그렇다, 그는 철두철미한 거짓말쟁이고 나는 그를 좋아하지 않는다.

그가 혹시 내 아버지가 아니었더라면 나는 이렇게 자문할 것이다. 이 재수 없는 자식은 대체 누구지?

언젠가 나는 아버지에게 말했다.

"앞으로 있을 전쟁은 걱정하지 마세요. 아버지 연세로는 다시 나갈 일은 절대 없을 테니까!"

아버지는 처음엔 잠자코 있더니 뭔가 기억해내려는 듯이 나를 쳐다보았다.

"그래요."

내가 말을 이었다.

"아버지는 더는 껴주지도 않아요."

아버지는 여전히 아무 말도 하지 않다가 갑자기 대단히 악의에 찬 시선을 내게 던졌다. 마치 매복지에서 주위를 살피듯이. 그러더니 갑자기 소리를 지르기 시작했다.

"그럼 넌 네 전쟁에 나가거라!"

그가 고함쳤다.

"가서 전쟁이 뭔지 경험해봐! 전쟁한테 안부도 전하시고! 원하면 전사하시든가! 전사하라고!"

나는 밖으로 나갔다.

그게 3년 전의 일이다.

여전히 아버지의 고함이 들리고 층계참에 서 있는 내 모습이 보인다. 갑자기 나는 걸음을 멈추고 돌아갔다. 연필을 두고 나왔던 것이다. 나는 짤막한 광고가 실린 신문들이 진열장 안에 걸려 있는 편집부에 가려고 하던 참이었다. 거기서 혹시 일자리를 구할 수 있지 않을까 싶어서, 아무 일자리나. 그래, 그 당시 나는 그래도 여전히 동화를 믿고 있었다.

다시 방에 들어가니 아버지가 창가에 서서 밖을 내다보고 있었다. 그날은 그가 한 주에 한 번 쉬는 날이었다.

아버지는 내 쪽으로 그저 잠깐 돌아섰을 뿐이다.

"연필을 깜박했어요."

내가 말했다.

아버지는 끄덕이고 다시 밖을 내다보았다.

그건 무슨 눈빛이었을까?

아버지가 울었나?

나는 다시 밖으로 나갔다.

실컷 우시라고요, 나는 생각했다. 그럴 만한 이유가 충분히 있으시죠. 따지고 보면 지금 내 처지가 이렇게 거지 같은 데는 아버지 세대의 잘못이 가장 크니까요(당시 나는 아직 실업자였고 미래가 없었다).

아버지 세대는 국제법과 영원한 평화라는 어리석은 이상에 매달렸고 하등한 동물의 세계에서조차 한 녀석이 다른 녀석을 잡아먹는다는 사실을 깨닫지 못했다. 폭력이 없이는 법도 없다. 우리는 생각하지 말고 행동해야 한다!

전쟁은 만물의 아버지다.

나는 내 아버지와 더는 아무 관계도 없다.

나는 참을 수 없다, 그 끝없는 울음을!

거듭 이런 소리를 들어야만 했다.

"전쟁이 일어나기 전, 그때가 좋은 시절이었지!"

그러면 나는 잔뜩 열을 받는다.

아버지의 좋은 시절 따위 내 마음에는 들지 않았을걸요!

옛날 사진을 보면 그 시절을 정확히 상상할 수 있다고요.

아버지는 방 세 개짜리 아파트가 있었고, 아직 미혼이었으며 당시 표현을 빌리자면 신바람 나는 총각 생활을 영유했죠.

여자들과 카드 놀이와 더불어.

모든 사람에게 돈이 있었다.

썩어빠진 시대였다.

누구나 일하고 돈을 벌 수 있었고, 아무도 배를 곯며 지낼 필요가 없었고, 누구에게도 근심이란 없었다.

혐오스러운 시절!

나는 편안한 생활을 증오한다!

앞으로, 계속 앞으로만!

전진, 전진하자!

우리는 앞으로 돌진한다, 그 무엇도 우리를 저지하지 못한다!

경작지도, 울타리도, 덤불도.

우리는 그것들을 짓밟아버린다.

전진, 전진하자!

우리는 그렇게 앞으로 돌진하고 어떤 언덕 위에서 그 밑으로 지나가는 도로를 통제하기 위해 엄폐 자세를 취한다.

당장은 그저 기동 훈련만 있을 뿐이다.

하지만 곧 상황이 심각해질 것이다. 그런 징조가 점점 뚜렷해지고 있다.

그리고 앞으로 있을 전쟁은 지난날의 세계대전과는 완전히 딴판일 것이다! 훨씬 규모가 크고, 거대하고, 가혹할 거다. 여하간에 섬멸전이 될 것이다!

나 아니면 너!

우리는 현실을 직시한다.

우리는 현실을 회피하지 않고 어떤 것에도 기만당하지 않는다.

이제 유탄포를 쏘아댄다.

저기 빛이 가물거리는 먼 곳에서.

소리는 거의 들리지 않는다.

우선은 무작정 쏘아댄다.

아래 도로에 여자아이 둘이 자전거를 타고 나타났다. 그 애들은 우리를 보지 못한다.

그 애들이 갑자기 멈추더니 주위를 둘러본다.

그러더니 한 여자애가 덤불 뒤로 가 쪼그리고 앉는다.

우리는 히죽거리고 내 뒤에 있던 소위도 살짝 웃는다.

상사가 쌍안경으로 쳐다본다.

이제 하늘에서 윙윙 소리가 난다. 항공기다. 항공기는 우리 위를 지나 날아간다.

여자애는 구애받지 않고 그저 올려다보기만 한다.

항공기는 아주 높이 날기 때문에 그 애를 볼 수 없다. 그 애는 그걸 알고 있다.

우리가 있다는 건 생각도 못 한다.

그런데 전쟁의 향방을 결정짓는 건 언제나 우리 보병이지 결코 공군이 아니다! 비록 사람들이 공군에 대해서는 그렇게 많이 떠들어대고 우리 얘기는 별로 하지 않지만. 비록 그들이 우리보다 더 세련된 군복을 입고 있긴 하지만, 그들이 착각하는 만큼 자기들에게 능력이 있는지는 두고 볼 일이다! 그 녀석들은 자기들이 위에서 한 나라를 간단히 폐허로 만들고 나면 우리 보병들은 그냥 그 폐허를 점령하기만 하면 된다고 생각한다, 아무 위험도 없이 말이다! 경찰과 다를 바 없다 이거다. 두고 보라지!

우리가 쓸데없는 존재인지 아닌지 알게 될 거다! 아니면 아예 이류인지!

아니, 난 공군들을 좋아하지 않는다!

콧대만 높은 쓰레기.

그런데 여자들도 똑같이 멍청해서 공군만 원한다.

공군이 그녀들의 최고 이상이다!

저 아래 도로에 있는 두 명도 그렇다. 지금 그 애들은 항공기에 열광적으로 손을 흔들어대고 있다.

모든 계집애들이 공군과 춤추고 싶어 한다.

손짓하지 마, 이 짐승들아. 저자는 너희들이 날 수 없기 때문에 너희들도 깔본다고!

그래, 우리는 도로의 먼지를 들이마시고 오물 사이로 행진한다! 하지만 우리는 이 오물이 하늘 높이 먼지를 일으키게 만들 거다!

겁이나 내지 말라고!

"맙소사!"

소위가 새된 소리로 외쳤다.

대체 무슨 일이지?!

소위는 하늘을 응시하고 있다.

저기, 항공기!

추락하고 있다!

"왼쪽 날개가 없어졌습니다."

상사가 쌍안경 사이로 말했다.

항공기가 추락한다, 추락한다.

뒤로 연기 구름을 일으키면서.

점점 더 빠른 속도로.

우리는 그쪽을 응시했다.

그런데 내게 이런 생각이 들었다.

'웃기는걸, 네가 방금 추락한다고 생각하지 않았냐?'

"저 자식들 끝장났군."

소위가 말했다.

우리는 전부 벌떡 일어나 있었다.

"엄폐!"

상사가 우리에게 소리친다.

"엄폐 자세!"

세 개의 포가(砲架) 위에 관 세 개가 놓여 있다, 공군의 관 세 개가. 조종사, 정찰병, 무전병. 우리는 받들어총을 하고, 북을 울리며 악단이 〈훌륭한 전우의 노래〉를 연주한다.

그러고 나서 명령이 내려진다.

"기도!"

고개를 숙이지만, 우리는 기도하지 않는다.

우리 가운데 누구도 더는 기도하지 않는다는 것을 나는 알고 있다.

우리는 그저 그러는 척할 뿐이다.

순전히 형식적인 행동일 뿐.

"네 원수를 사랑하라."

이런 말은 우리에게 더는 아무 의미도 없다. 우리는 이렇게 말한다.

"네 원수를 증오하라!"

사람들은 사랑을 가지고 승천할 것이고, 우리는 증오를 가지고 전진할 것이다.

개개인은 전혀 중요하지 않다는 것을 깨달은 뒤로 우리에게 더는 천상의 영원이 필요하지 않기 때문이다. 개인은 대오 속에서야 비로소 뭔가가 된다.

우리에게 영원한 것은 오직 한 가지뿐이다. 바로 우리 민족의 생명이다. 그리고 천상의 의무는 딱 하나뿐이다. 바로 우리 민족의 생명을 위해 죽는 것.

다른 것은 전부 진부할 뿐이다.

우리는 정렬한다.

한 명씩 차례로 서 있다.

나는 오른쪽에서 아홉 번째다, 키가 큰 순서로. 가장 큰 사람은 188이고, 가장 작은 사람은 156이다. 나는 174다. 너무 크지도, 너무 작지도 않고 딱 적당하다.

외모로 보면 나는 내가 마음에 든다.

마법의 성

오늘은 일요일이다.

우리는 오늘 자유 시간을 갖는다. 오후 2시부터 밤 10시까지. 비상 대기조만 남아 있다.

어제 나는 두 번째 별을 땄고 오늘 처음으로 옷깃에 별 두 개를 달고 외출할 것이다.

봄이 다가왔다. 공기에서 이미 봄을 느낀다.

우리는 셋이다, 동기 둘과 나. 우리는 흰 장갑을 꼈고 주로 여자 얘기를 한다.

내가 제일 말이 없다. 나는 혼자서 생각하는 게 더 좋다.

여자들은 필요악이다. 이건 다 아는 바다. 자녀가 많고, 유전적으로 건강하고, 조국에 인종적으로 가치가 있는 가정을 가능하면 많이 확보하기 위해 여자들이 필요할 뿐이다. 그것 말고는 여자들은 혼란을 일으킬 뿐이다.

그 점에 대해서라면 내가 수많은 경험담을 들려줄 수 있을 정도다!

특히 나잇살 있는 여자들과 무엇보다도 아주 영리한 여자들. 네가 운동으로 단련된 몸을 가지고 있기 때문에 그들은 네 뒤를 쫓아다니지만, 만약 네가 잘해주면 그들은 거만해질 것이다. 그리고 이렇게 말할 거다. 어리석은 젊은이라고, 풋내기라고, 머리에 피도 안 말랐다고. 아니면 그들은 정신 세계가 어쩌니 하면서 다가와서는 아주 밥맛없이 군다.

아주 젊지 않은 여자는 더는 영혼을 가질 필요가 없다. 그런 여자는 사람들이 자기를 쳐다봐주면 기뻐해야 한다. 그런 여자는 감정이란 것, 이를테면 질투심이나 모성애를 가지고 남자 뒤꽁무니를 쫓아다닐 권리가 없다. 영혼은 오로지 젊은 여자애들의 특권이다.

젊은 여자애들은 경우에 따라 그런 낭만을 누려도 된다. 예쁠 경우에는. 하지만 낭만적인 미녀들조차 이미 여리디 여린 소녀 적부터 돈 있는 남자만을 원한다.

이게 바로 문제다.

나는 차라리 남자들하고 어울리고 말겠다.

때마침 내 동기가 말하길, 일찍이 300년 전에 어떤 위대한 철학자가 여자들이 대체 인간인가, 하는 물음을 던졌단다.

그 점은 정말 의심할 여지가 있다고, 나는 그렇게 믿고 싶다.

여성 옆에 있으면 자기가 어디 있는지 결코 알지 못한다.

여성에게서는 절개와 믿음을 찾을 수 없다. 그들은 항상 너무 늦게 오고, 거짓말로 가득한 둥지이며 기타 등등이다.

게다가 너는 여자들의 내면에 관심을 기울여야 한다. 그들이 그걸 원하기 때문에.

하지만 그러는 게 진짜 사나이라는 증명서는 아니다.

그래 정말이지, 여자 분들은 골칫거리다.

여자들은 너를 세상에 나오게 하고 또 너를 다시 죽이기도 한다.

시내 도로들은 텅 비어 있다. 여기에는 상점과 높은 사무 빌딩밖에 없는데 오늘은 전부 문을 닫았기 때문이다. 사무직과 생산직 근로자들은 집에서 파티를 벌이고 먹고 자고 담배를 피운다. 오늘은 줄곧 비가 오기 때문에 소풍 가는 사람은 거의 없을 것이다.

비록 비가 조금밖에 안 오지만, 그것도 모를 일이다. 시내는 조용하다. 모조리 멸종이라도 해버린 듯 평화롭기 그지없다.

우리가 걸어가는 소리가 들린다, 매 발걸음마다. 아스팔트 위에서 딱딱 소리가 난다.

그리고 나는 다시 우리가 비친다는 것을 알아차렸다.

우아한 진열창들에.

이제 우리는 코르셋을 통과한다.

이제 바닷가재와 아주 부드러운 햄을.

이제 실크 스타킹을.

이제 책을, 그다음으로 진주와 화장품 그리고 분첩을 통과한다.

저것들을 갈기갈기 찢어버려, 짓밟아버려!

시내는 심심해서 우리는 항구 쪽으로 내려갔다. 거긴 항상 시끌벅적하기 때문이다.

넓은 바다는 더 멀리 나가서야 시작되기 때문에 항구에서 볼 수는 없지만, 이 안쪽에만도 벌써 흑인, 황인 선원들이 탄 외국 배들이 정박해 있다.

우리는 항구로 향하는 넓은 가로수 길을 내려갔다.

갈수록 길은 넓어지고 시끄러워진다.

좌우측으로 구경거리가 시작된다. 훈련을 받았거나 혹은 받지 않은 크고 작은 원숭이들. 사격장들과 오락 기계들, 댄스홀과 세상에서 제일 뚱뚱한 여자. 발이 다섯 개인 양, 머리가 둘 달린 송아지. 연달아 있는 회전목마들과 그네들 그리고 정말이지 딱할 정도로 형편없는 롤러코스터. 점쟁이들, 불 먹는 곡예사들, 칼을 삼키는 자들, 오이 피클과 많은 아이스크림. 기형 동물들과 인간들. 곡예와 스포츠. 그리고 저 뒤 맨 끝에는 마법의 성.

우리는 처음에 있던 사격장들은 그냥 지나쳤지만, 네 번째인지 다섯 번째에서는 더는 그럴 수가 없다. 쏘지 않고는 못 배길 지경이다. 이 과녁을 맞추는 것은 우리에게는 식은 죽 먹기고, 총에 총알을 재어 우리에게 건네는 아가씨는 존경에 가득 찬 웃음도 함께 보낸다.

군인들이 총을 쏘면 항상 많은 사람이 쳐다본다. 지금도 그렇다. 특히 아가씨 둘이 옆에 서서 마치 총알이 자기들에게 향한 것인 양 발사할 때마다 웃음을 터뜨렸다. 덕분에 그 여자들은 우리의 주의를 끌었다. 나는 그 여자들이 마음에 들지 않지만, 내 동기들은 그녀들에게 수작을 건다. 기본적으로 나는 개밥에 도토리 신세가 되고 싶지 않아서 자기들끼리 알아서 하게 내버려두었다.

그들은 춤추러 가고 나는 혼자 남았다.

그네들의 뒷모습을 쳐다본다.

그래, 저 두 아가씨는 어차피 내 관심을 끌 수 없을 거다.

한 여자는 다리가 휘었고 다른 여자는 다리란 것이 애초에 없는데다 엉덩이가 있어야 할 곳에 아무것도 없다. 그리고 첫 번째 여자는 앞니 하나가 까맣고 더러운 브래지어를 했다. 그래, 사랑에서는 이런 사소한 것들이 내 신경에 거슬린다. 말하자면 나는 매우 까다롭다.

나는 승마장에 들어갔다.

승마장에서는 또 다른 아가씨 둘과 한 아이가 말을 타고 있었다.

음악이 연주되고, 채찍이 갈겨지고, 늙은 말들이 원을 그리며 달린다.

아이는 겁을 내지만, 아가씨들은 승마에 퍽이나 몰두해 있다.

아이는 선원 모자를 떨어뜨리고 빽빽거리지만, 두 아가씨는 웃음을 짓는다.

그들의 치마가 높이 올라가 있어서 스타킹이 끝나는 곳에 아무것도 입지 않은 게 보였다. 저 여자들이라면 내 마음에 들지도 모른다, 특히 키가 큰 쪽은!

하지만 말을 타는 여자한테는 속기 쉽다.

저 높이 말 위에 앉은 여자는 아주 쉽게 마음에 들 수 있다. 그건 어려운 일이 아니다. 하지만 일단 이 아래로 내려오면 그제야 그 여자가 실제로 어떤지 알아차리게 된다. 난 이미 이런 데 정통해 있다, 이런 종류의 실망에.

이제 여자들이 안장에서 내려오는데 키 큰 여자가 여전히 내 마음에 든다. 작은 쪽도 괜찮고.

하지만 그들에겐 이미 기사가 있다.

쪼그마한 땅꼬마, 야비한 쥐새끼다.

두 여자는 쥐새끼한테 매달려 웃음을 짓는다.

"우리 좀 더 탈래요. 제발, 부탁이에요!"

"원하는 대로 맘껏 타."

쥐새끼가 말했다.

나는 가격표를 본다.

한 번 타는 데 오십이다.

그런데 원하는 대로 맘껏 타라고?

나한테는 너무 비싸다.

하지만 예쁜 여자들은 늘 저런 식으로 군다!

자기 자신 말고는 옷깃에 달린 은별 두 개밖에 가진 것이 없는 철저하게 훈련된 젊은 남자보다는 돈 냄새를 풍기는 늙은 쥐새끼를 선호한다.

이럴 때는 흰 장갑도 전혀 쓸모가 없는 법이다.

나는 승마장을 떠나 딱히 목적지도 없이 노점들을 따라 어슬렁거렸다.

오른쪽에는 사자 머리를 한 남자가 있고 왼쪽에는 수염 난 여자가 있다.

약간 서글퍼졌다.

공기는 포근하다. 그래, 봄이 왔고 밤이면 고양이들이 음악회를 연다. 병영에서도 그 소리가 들린다.

저녁이 되었고 수평선에서는 낮이 보랏빛 인사를 하며 떠나간다. 내 뒤로는 이미 밤이다.

이렇게 계속 어슬렁거리자니 불쾌한 생각이 들었다. 아까 승마장에 있던 그 쥐새끼도 내 민족의 일원이라는 생각이 난 것이다. 그리고 내가 연병장에 서서 조국을 위해 죽을 것을, 언제라도 우리 민족을 위해 죽을 것을 맹세하는 장면이 떠올랐다.

그러니까 그 야비한 쥐새끼를 위해서도 죽겠다는 건가?

안 돼, 그만둬! 그냥 생각하지 말자! 생각하면 할수록 불건전한 상념에 빠지게 된다.

우리 지도자들이 알아서 잘하겠지!

그러자 곧바로 두 번째 상념이 드는데 난 그게 뭔지 이미 알고 있다. 한동안 이 생각이 나를 따라다니며 놔주지 않는다.

"사실……."

생각이 말한다.

"너는 아무도 사랑하지 않아."

그래, 그건 사실이다.

나는 어느 누구도 좋아하지 않는다.

나 자신도 싫다.

사실 난 모든 사람을 증오한다.

우리 대위님만 빼고.

나는 노점들을 따라 끝까지 갔고 합각과 탑, 방루가 있는 마법의 성에 도착했다. 창문에는 격자 창살이 둘러져 있고 용과 악마들이 밖을 내다보고 있었다.

스피커에서는 나지막한 왈츠가 흘러나온다. 옛날 음악이다. 음악은 웃음과 비명 소리에 자꾸만 파묻혀버린다. 안에 있는 사람들이 내는 소리일 것이다. 저 안이 자기들 마음에 든다는 것을 밖에 있는 사람들보고 알아차리라는 거다.

하지만 난 저런 수법을 진작에 알고 있다.

전부 속임수다!

이 떠들썩한 즐거움은 전부 축음기판에서 나오는 거다. 단지 손님을 끌려는 것일 뿐이다. 저 뒤에는 아무것도 없다. 나는 공포를 맛보게 해준다는 저런 바보들의 궁전 따위에 속아서 들어가지는 않을 것이다. 그건 너무 어리석다.

다시 돌아가려고 하다가 나는 아무 생각 없이, 말하자면 기계적으로 입구 쪽을 쳐다보았다. 그리고 걸음을 멈췄다.

아니면 내가 생각만 그렇게 하고 계속 갔던가?

그럴 수도 있다. 하지만 두 걸음 뒤에 나는 실제로 멈춰 섰고 계속 그쪽을 쳐다보았다.

이제 완전히 어두컴컴해졌고 나는 밤 속에 서 있다. 마법의 성 매표소에는 젊은 여자가 앉아 있었다.

그녀는 꼼짝하지 않는다.

한 사람도 오지 않는다.

그리고 순간 모든 것이, 온 세상이 내게서 아주 멀리 떨어져 있고 내 심장은 멈춰버린 것 같았다. 나뭇잎 하나도 움직이지 않고, 단지 마법의 성에서 옛날 음악 소리만 나지막이 흘러나올 뿐이다.

그녀, 그 젊은 여자는 눈이 커다랗다. 하지만 그건 그녀의 눈이 아니었다, 입도 아니고 머리카락도 아니었다. 그건 선(線)이었던 것 같다.

그런데 내가 지금 무슨 말을 하는 거지? 순전히 헛소리다!

나는 그저 마치 내 앞에 갑자기 벽이 하나 생긴 것처럼 멈춰 서버렸다는 것만 알고 있다.

헛소리, 개소리야! 계속 가라고!

나는 계속해서 걷다가 비틀거렸다.

뭐에 걸렸나?

아무것에도 걸리지 않았다. 아무것도 없다.

하지만 내가 비틀거렸기 때문에 이제 그 여자가 웃음 짓는다. 내가 그런 걸 본 거다. 그녀는 계속 웃음 짓고 있다.

나는 그녀를 자세히 살펴보았다.

그런데 그녀는 더는 이쪽을 보지 않는다. 연필을 들고 앞에 뭔가를 끄적거리고 있다. 아니면 나를 보지 않으려고 그냥 쓰는 척하는 건가?

대체 왜 저 여자는 나를 보지 않으려고 하지?

아마도 내가 마음에 들지 않았나 보다.

그녀는 이미 남자가 있을 것이다, 어느 노점의 왕쯤 되는.

줄타는 광대, 칼을 삼키는 자, 어릿광대.

계속 가라고!

그러나 나는 멀리 가지 못했다. 그저 길만 건너갔을 뿐이다. 길 건너에는 아이스크림 장수가 있고 나는 아이스크림을 사 먹는다. 거기에서는 마법의 성과 뭔가를 쓰는 그 여자를 잘 볼 수 있다.

여전히 한 사람도 오지 않는다.

나는 아이스크림을 핥아먹는다.

아무 맛도 나지 않는다.

너무 차가워서 나는 늙은 말처럼 천천히 맛없게 먹는다.

아주 고통스러울 정도다.

도대체 난 왜 이런 물감 들인 것 따위를 샀을까? 아이스크림을 도통 좋아하지도 않으면서!

그리고 점점 더 맛이 없어지는 동안 나는 단지 저 건너편에 있는 여자를 더 오래 관찰하기 위해서 아이스크림을 샀다는 것을 스스로 인정했다. 우습다, 그녀가 내 마음에 들지 안 들지도 아직 모르면서 이러다니. 그녀가 일어서면 어떤 모습일지도 전혀 모르는데. 그녀에 대해 지금 내가 아는 건 매표소 밖으로 드러난 모습뿐이다.

어쩌면 그녀는 앉아서만 미인일지도 모른다.

그리고 일어서면 앉아 있을 때 예상한 것보다 작을지도 모른다. 아니면 그보다 세 배나 크든지.

어쩌면 몸매가 아주 형편없을 수도 있다.

그럼 잘 있으쇼!

이제 그녀가 나를 다시 쳐다본다.

이번에는 꽤 오랫동안.

그러고 나서 다시 웃음 짓는다. 왜지?

내가 이렇게 잔뜩 골이 나서 아이스크림을 핥아먹고 있어선가?

마침내 나는 다 먹어치웠다, 이 형편없는 것을.

그때 뒤에서 아이스크림 장수의 목소리가 들려왔다.
"하나 더 드릴까요?"
"네."
말하는 순간 이미 내 손에는 다시 아이스크림이 들려 있었다.
대체 내가 어떻게 된 거지? 완전히 바보가 된 건가? 첫 번째 아이스크림으로 벌써 속이 메스꺼워진 참인데 두 개째를 먹고 있다니!
나는 아이스크림으로 나 자신을 완전히 웃음거리로 만들어버렸고, 은빛 별을 벌써 두 개나 달고 있으면서도 마치 어린 남학생처럼 그 자리에 서 있었다.
화가 나서 아이스크림을 땅바닥에 내동댕이치려던 찰나에 어둠 속에서 기병대 대위가 나타났다. 천만다행으로 나는 막판에 그를 발견하고 거수경례를 했다. 기병 대위가 답례를 하고 지나간다.
이제 그녀가 웃는다. 당연하다!
내가 손에 아이스크림을 들고 군대식 경례를 했기 때문이고, 그런 건 당연히 우스운 법이다.
나는 멍청하고 그녀는 웃지만, 스피커에서 나오는 웃음이 그녀의 목소리를 뒤덮어버렸다.
그녀의 웃음이 내게 들리지 않는다.
하지만 점점 참기 힘들어진다!
이제 아무래도 상관없다! 확실히 해결을 봐야겠다!
그것도 지금 당장!
나는 아이스크림을 철썩 소리가 날 정도로 땅에 내동댕이치고 길을 건너갔다. 아주 똑바로. 마법의 성을 향해.

방향은 매표소.

곧장 그녀를 향해. 내가 가도 그녀가 계속 웃을지 두고 보시라!

그녀는 내가 오는 것을 보고 웃음을 그쳤다.

아하!

내가 그렇게 가까이 가자 눈을 동그랗게 뜨고 나를 바라보기만 한다. 놀라서 진지하게.

내가 겁나냐?

정신 차리고 있으라고, 지금 내가 가니까!

나는 이미 마지막 세 계단을 올라갔고 이제 매표소 앞에 서 있다. 그녀는 밑을 내려다보고 내 눈에는 그녀의 머리카락밖에 보이지 않는다. 머리카락이 매끄럽고 부드럽다.

책상 위에는 종이 한 장이 놓여 있다. 아까 그녀는 아무것도 쓰지 않고 그저 끼적거리기만 했다. 갖가지 선들을.

내가 말했다.

"입장권 한 장이요."

목소리가 거의 엄격하다시피 했고 나는 곧 후회했다.

"여기요."

그녀가 말했다.

그녀의 손이 떨렸나?

아니면 내가 떨고 있나?

그녀가 돈을 거슬러준다.

나는 이렇게 아름답게 돈을 거슬러주는 사람을 여태껏 본 적이 없었다.

선 그리고 선. 다시 생각이 난다.

그러고 나서 나는 마법의 성으로 들어갔다.

처음에는 완전히 컴컴해져서 좌우측으로 더듬거리면서 앞으로 나가야 했다. 그리고 그렇게 더듬거리며 가는 동안 아까 "여기요"라고 말한 그녀의 목소리가 생각났다.

그 목소리를 전에 들어본 것 같다, 어디선가, 언젠가. 거의 영겁 전에. 그리고 불현듯 내 어머니의 목소리가 어땠는지 모른다는 생각이 든다.

나는 어머니를 더는 기억조차 하지 못한다.

어머니는 세계대전이 끝난 직후 유행성 독감으로 죽었다. 내가 아주 어렸을 때.

혼자서 보초를 설 때면 그 일이 오래된 구름처럼 불쑥 떠오를 때가 많다. 특히 밤이면, 과거에 있었던 일이 내게 손을 뻗친다.

그럴 때면 나는 테이블과 침대 사이에 있는 나를 본다.

나는 세 살이다. 그보다 많지 않다.

창문은 높이 달려 있고 누가 들어 올려줘야만 나는 밖을 내다볼 수 있다. 그런데 밖을 내다보아도 여전히 아무것도 보이지 않는다. 아니면 내가 그사이 잊어버린 걸까?

지금 기억나는 건 단지 창문 틈새로 바람이 들어왔다는 것뿐이다.

하지만 난로에는 불이 켜져 있지 않았다. 전후에는 석탄이 없을 때가 많다.

"추워."

그게 나의 최초의 기억이다.

내게 남아 있는 최초의 느낌.

어머니의 목소리가 어땠는지 모른다는 생각이 전에는 한 번도 들지 않았다니 우습다. 쿵!

지금 난 하마터면 넘어질 뻔했다!

저기 가라앉은 부분이 있다. 하지만 왼쪽만 그렇기 때문에 오른발보다 왼발을 더 깊이 내디뎌야 한다. 너무 바보 같다!

마침내 왼발이 다시 똑같은 높이에 오는가 싶더니 이번에는 오른발이 밑으로 꺼진다. 그러니까 이건 정말이지 너무 바보 같다고!

거참 기막히게 즐겁군!

지금 그녀는 저 밖 매표소에 앉아서 안에 들어간 나를 보고 웃겠지. 그래도 그녀의 입은 아름답다. 내가 전부 착각한 게 아니라면.

그런데 그녀가 어떻게 생겼지?

충분히 오래 그녀를 관찰했는데도 아직 정확히 모르다니 우습다.

그러니까 대체 내가 왜 아이스크림 따위를 먹은 거냐고?

난 머저리다.

아니 잠깐만! 그녀는 나를 보지 않으려고 선을 끼적거리느라 고개를 거의 계속 숙이고 있었다.

그래, 그 선들!

그 선들은 내가 지금 여기서 비틀거리고 걸어가는 데 책임이 있다. 움직이는 양탄자, 흔들다리를 건너 목이 잘린 왁스 인형이 누워 있는 관들을 지나고 유령, 교수형을 당한 자, 환형에 처해진 자들에 둘러싸여 있는 데를 말이다. 하지만 그 무엇에도 나는 겁나지 않는다. 겁이 났다면 내 자신이 정말 불쌍했을 것이다.

모퉁이를 돌자 해골과 마주쳤다.

나는 그것을 가까이서 관찰한다.

이건 진짜 해골일 수도 있다. 그리고 우리의 마법이 사라지면 우리도 이런 모습이 될 거다.

선들이 사라지면…….

해골에게 손을 내민다.

그다음 문을 지나자 다시 바깥이다. 매표소 옆.

하지만 나의 선은 더는 거기 앉아 있지 않았다.

대신 늙은 마녀가 있다.

나는 당황해서 그녀를 빤히 쳐다보았고 그 여자는 내 생각을 읽었다.

"그 처자는 갔수다."

여자가 거의 비꼬는 투로 말했다.

"어디로요?"

내가 기계적으로 물었다.

"영화관이요."

나는 가볍게 거수경례를 하고 그 자리를 떴다.

너희들 돌아와!

노점들을 지나 시내까지, 빨리 또는 천천히, 더는 모르겠다.

갑자기 마음이 몹시 아팠다.

걸음을 멈췄다.

"왜 노파한테 그 아가씨가 어느 영화관에 갔는지 물어보지 않았냐? 아직 시간이 있어, 이 멍청아!"

나는 서둘러 돌아갔다.

하지만 마법의 성은 이미 닫혔고 아무도 없다. 그래, 오늘은 이미 너무 늦었다. 하지만 기다리라고, 다시 올 테니까!

다음 일요일에!

그때는 오후 2시에 곧장 이리로 올 거야. 그땐 웃어넘길 수 없을 거야!

또 보자, 선들아.

자꾸 웃음이 나온다. 대체 내가 어떻게 된 거지?

달빛이 비치고 공기는 온화하고 고양이들은 음악회를 연다.

그리고 연병장을 걸어가는 동안 내 눈앞에 합각과 탑, 방루가 있는 마법의 성이 보였다. 창문에는 격자 창살이 둘러져 있고 용과 악마들, 그들이 밖을 내다보고 있다.

대위

언젠가 우리가 살고 있는 시대가 지나가면 그제야 세상은 이 시대가 얼마나 거대했는지 평가할 수 있을 것이다.

아주 커다란 사건들은 종종 예기치 않게 우리에게 그 그늘을 던지곤 하지만, 준비가 되지 않은 상태에서 우리를 덮치지는 않는다.

우리가 예상하지 못하는 세상의 그늘은 없다. 우리는 두려워하지 않는다!

목요일 밤에 갑자기 경보가 울렸다. 우리는 자다가 벌떡 일어나 모든 소지품을 챙겨서 정렬했다. 한 줄로 정렬!

새벽 3시였다.

대위가 천천히 우리를 사열했다.

평소보다 더 천천히.

그는 전부 제대로 되어 있는지 다시 한번 살펴보았다. 이제 더는 기동 훈련이 없기 때문이다.

우리가 꿈꾼 것보다 더 빨리 심각한 현실이 찾아왔다.

밤은 더욱 깊어가고 위대한 순간이 다가온다.

곧 시작이다.

어떤 나라가 있는데, 우리가 접수할 것이다.

작은 나라이고 그 이름은 곧 역사 저편에 묻힐 것이다.

생존 능력이 없는 조직.

항상 그놈의 법적 입장만을 대변하는 한심한 정부에 의해 다스려진단다.

가소로운 입장.

이제 그는, 대위는 내 앞에 서 있고, 그가 쳐다보자 나도 모르게 이런 생각이 든다. 그녀의 이름을 알면 그녀에게 편지를 쓸 텐데, 마법의 성으로 직접.

"친애하는 아가씨께"라고 쓸 거다. "이번 일요일에 찾아가면 좋겠지만, 유감스럽게도 제 의무 때문에 그럴 수가 없습니다. 어제는 목요일이었고 오늘은 벌써 금요일입니다. 저는 갑자기 급한 사정 때문에 떠나야 하지만, 무슨 일인지 아무에게도 알릴 수 없습니다. 그걸 알았다가는 생명을 잃게 될 테니까요. 제가 언제 돌아올지 아직 모릅니다. 하지만 당신은 언제나 저의 선으로 남아 있을 겁니다."

나는 살짝 웃음을 지었고 대위는 놀라서 잠시 멈칫했다.

"무슨 일인가?"

그가 물었다.

"아무것도 아닙니다."

이제 대위는 벌써 내 옆사람 앞에 서 있다.

그도 선을 갖고 있나? 갑자기 이런 생각이 뇌리를 스친다.

아무렴 어때! 앞으로!

조국이 부르고 있고, 조국은 자기 아이들의 사생활은 당연히 배려하지 않는다. 시작이다, 마침내! 언젠가 우리가 살고 있는 시대가 지나가면 그제야 세상은 우리가 얼마나 평화적이었는지 평가할 수 있을 것이다.

우리는 서로 눈짓을 한다.

우리는 조국을 사랑하는 것과 똑같이, 그러니까 세상 그 무엇보다도 평화를 사랑하기 때문이다. 그리고 우리는 전쟁을 벌이는 것이 아니라 그저 청소를 할 뿐이다.

어떤 나라가 있는데, 그걸 우리가 접수할 것이다.

작은 나라이고 우리는 그보다 열 배나 더 크다. 그러니까 줄곧 활기차게 앞으로 가는 거다!

과감히 시도하는 자만이 승리한다. 특히 압도적인 우위를 가지고 있으면.

그리고 특히 기습적으로 공격한다면. 그것도 바로 머리를, 아무 선전포고도 없이!

케케묵은 절차 따위는 집어치우라고!

우리는 청소하는 거다, 청소하는 거라고.

우리는 마치 도둑이라도 되는 것처럼 몰래 이 터무니없는 국가의 가소로운 국경을 넘었다. 몇 명 안 되는 세관원들은 금방 무장해제되었다. 내일이면 3주째인데, 수도는 벌써 우리 것이다. 오늘은 우리가 주인이다!

계곡에서는 마을들이 불타고 있다.

험준한 산들에 둘러싸인 채 활활 타오르고 있다.

브라보, 공군!

내 비록 개인적으로는 너희들이 지긋지긋하지만 그래도 공정을 기하기 위해 인정할 것은 해야겠지. 너희들, 일을 완벽하게 해냈어!

저들이 지형적 상황을 잘 이용했지만 너희는 아무것도 놓치지 않았어.

너흰 모든 걸 처리했어. 브라보, 공군! 브라보!

저것들을 전부 쏴서 없애버려, 초토화시켜. 우리만 빼고 더는 아무것도 남지 않을 때까지!

우리는 우리니까.

앞으로!

즐거운 기분으로 우리는 너희 자취를 쫓아간다.

우리는 높은 고원을 행진한다.

우리 주위로 낭떠러지가 입을 벌리고 있고 그 밑으로 물이 좔좔거린다.

분홍빛 지평선에 작고 하얀 구름들이 걸려 있는 온화한 저녁이다.

두 시간 전에 우리는 긴 칼을 든 민간인 다섯 명과 마주쳐 그들을 체포했다. 우리는 그들을 교수형에 처할 거다. 그런 교활한 불량배들에게는 총알이 너무 아깝다. 그런데 산은 헐벗었고 온통 바위뿐, 어디에도 덤불이 없다. 우리는 포로들을 데리고 가며 나무가 나타나기를 기다렸다.

그들은 나란히 포박되었다. 다섯 명이 전부 한 밧줄에. 제일 나이가 많은 자는 예순 정도이고 제일 어린 녀석은 열일곱 살쯤 되어 보인다.

그들의 언어는 추하고, 우리는 그들의 말을 한마디도 이해하지 못한다.

그들의 집은 낮고 좁고 더럽다. 그들은 절대 씻지 않고 입에서는 악취가 난다. 하지만 그들의 산은 광석으로 가득 찼고 땅은 비옥하다. 그러나 그것만 빼면 전부 별 볼 일 없다.

그들의 개조차도 아무짝에도 쓸모가 없다. 비루먹고 벼룩이 들끓는 채로 녀석들은 폐허를 배회한다.

어떤 놈도 발을 내밀지 못한다.

우리 주위로 낭떠러지가 입을 벌리고 있고 그 밑으로 물이 좔좔거린다. 까마귀 두 마리가 지나간다.

우리는 높은 고원을 지나간다.

까마귀들이 되돌아온다.

온화한 저녁이었고 이제 밤이 찾아온다.

언젠가 신문에서 우리의 전투를 사실에 충실하게 보도할 수 있게 된다면 조국의 시인들도 기억할 것이다.

우리 민족의 수호 정령이 시인들을 엄습할 것이고, 만약 그들이 우리가 겸손한 영웅이었다고 찬양하고 칭송한다면 그들은 바로 핵심을 찌르는 것이다.

우리 쪽에서도 많은 이가 목숨을 잃었으니까.

하지만 가장 가까운 가족조차도 그 사실을 알지 못했기에 그들의 희생을 자랑스러워할 수도 없었다.

사상자 명단은 비밀이었고 오랫동안 계속 그랬다. 단지 허락을 받지 않은 채 피가 새어나왔다.

진군 5주째에 우리 대위는 영예의 전장에서 산화했다. 그는 사실 기이한 상황에서 전사했다.

우리가 국경을 넘은 후로 대위는 전혀 딴사람이 되어버렸다.

그는 완전히 탈바꿈했다.

철저하게 변해버렸다.

우리는 진작부터 대위가 아픈 게 아닌지, 몰래 감추고 있는 남모를 고통에 시달리고 있는 건 아닌지 궁금해했다. 마치 매 발걸음이 고통을 주는 듯이 그의 얼굴은 점점 잿빛이 되어갔다.

그리고 6월 5일에 종말이 찾아왔다.

우리는 아무 악의 없이 어떤 폐허에 접근하고 있었는데, 갑자기 폐허에서 우리한테 시끄럽게 일제 사격이 가해졌다.

우리는 납작 엎드리고 엄폐물을 찾았다.

아니, 그건 일제 사격이 아니었다. 기관총 한 대였다. 우리는 그 소리를 안다.

총은 우리 앞에 있는 헛간에 숨겨져 있었다.

주위는 전부 불타고 있었다. 마을 전체가.

우리는 기다렸다.

그때 저 앞에 어떤 형체가 나타났다. 그 형체는 다 타버린 집 안을 다니며 뭔가 찾는 것처럼 보였다.

누군가 그것을 계속 지켜보다가 방아쇠를 당겼다. 형체는 비명을 내지르며 쓰러진다.

여자다.

이제 여자는 저기 누워 있다.

그녀의 머리카락이 매끄럽고 부드럽다는 생각이 불현듯 뇌리를 스쳤고 아주 잠깐 동안 마법의 성이 생각났다.

다시 그곳이 떠올랐다.

그런데 그때 놀라서 우리 모두의 말문을 막아버릴 정도로 예기치 못한 어떤 일이 일어났다.

대위가 일어나 천천히 그 여자에게로 다가갔다.

아주 똑바른 자세로, 그리고 매우 기이하게도 확신에 차서.

아니면 헛간 쪽으로 가는 건가?

그가 간다, 그가 간다.

저들이 그를 쏴 죽일 거다. 그는 확실한 죽음의 길로 들어서는 거다!

대위가 돌아버린 걸까?!

헛간에는 기관총이 숨겨져 있다.

도대체 뭘 어쩌려는 거지!

그가 계속 간다.

우리는 갑자기 모두 소리를 내질렀다.

"대위님! 대위님!"

마치 우리가 겁먹은 것처럼 들렸다.

그렇다, 우리는 두려웠고 소리를 질렀다.

하지만 그는 침착하게 계속 걸어간다.

그는 우리 소리를 듣지 못한다.

그때 내가 벌떡 일어서 그의 뒤를 쫓아갔다. 내가 어째서 엄폐물을 떠나게 된 건지는 나 자신도 모른다. 하지만 난 대위를 저지하고 싶다. 그를 저지해야 한다!

그때 발사된다, 기관총이.

대위가 비틀거리더니 쓰러지는 것을 본다, 완전히 체념한 채.

그리고 팔에 타는 듯한 통증이 느껴졌다. 아니면 심장이었나?

나는 바닥에 몸을 던지고 대위를 엄폐물로 이용한다.

그는 죽었다.

그때 그의 손에 무언가 하얀 것이 보였다.

편지다.

나는 그의 손에서 편지를 빼냈고 여전히 총소리가 들려왔다. 하지만 이제 나의 대위님이 나를 보호해준다.

편지에는 '나의 아내에게'라고 씌어 있다.

나는 편지를 어딘가에 집어넣고 정신을 잃었다.

거지

총에 맞은 건 심장이 아니라 겨우 팔이었지만, 유감스럽게도 뼈에 맞았다.

뼈가 박살이 났다.

총알을 빼냈고 깨진 뼈도 점차 다시 붙기 시작했다. 몇 주 동안 나는 야전병원에 누워 있었다. 처음에는 적국에 있다가 얼마 후에 본국으로 이송되었다. 처음에 예상했던 것보다 총상이 복잡했고 열도 높았기 때문이다.

팔을 다시 제대로 움직일 수 있었으면 좋겠다. 그렇지 않으면 군대를 떠나야 하는데, 그러면 내가 대체 무엇을 하겠는가?

나는 아무것도 없단 말이다. 땡전 한 푼도.

비록 조국이 내게 감사할 거라는 건 확신하지만, 상이군인 연금은 쥐꼬리만 하다. 그걸로는 배도 못 채울 거다.

그런데 옷이랑 신발은 어디에 있지?

오래전부터 결코 생각하지 않았던 지난 시절이 다시 떠오른다.

눈이 내리기 시작한다.

나는 내가 너희를 잊었다고 생각했다. 너희들, 내 절망적인 젊은 시절의 나날들을.

하지만 내가 떠먹었던 수프는 김이 나고 교회 지붕의 성자들은 다시 나를 바라보고 있다.

날 내버려둬!

하지만 그들은 물러나지 않는다.

그들은 말없이, 고소해하면서 가혹한 하늘 아래에서 내 옆을 지나간다. 이제 대형 신문들에 실린 짤막한 광고들이 나오고 황량한 탈의실, 형사 그리고 얇은 빙판이 나온다.

이건 치욕이다!

나는 춥다.

내 미래의 무덤에 눈이 내린다.

"이 사람 아직도 열이 있어요."

여자 목소리다. 나를 간호하는 뚱뚱한 간호사의 목소리다. 그녀는 제일 만족한 사람이라도 되는 듯이 대개 살짝 웃음을 짓고 있기 때문에 나는 이 여자를 보는 게 좋다.

눈을 뜨니 뚱녀 옆에 어떤 장교가 보인다.

그가 나를 관찰하고 있다.

내가 모르는 사람이다.

그는 중위고 나에게 말을 건다. 내가 우리 대위를 구하려고 했던 대담한 용기 때문에 표창을 받고 진급했다고 한다. 그러고 나서 그는 나에게 별을 하나 주었다. 내 세 번째 은빛 별을.

중위는 내게 통증이 심하냐고 물었지만, 내 대답은 기다리지도 않고 곧장 내 팔이 다시 괜찮아질 거고 빛나는 미래가 나를 기다리고 있다는 것을 확신한다고 말을 이었다. 혹시 내게 심지어 금빛 별이 손짓할지도 모른다고…….

그리고 갑자기 그는 내게 아주 바싹 다가오더니 간호사가 듣지 못하게 굉장히 작은 목소리로, 내가 정규군이 아니라 이른바 의용병으로 같이 싸웠을 뿐이라는 사실을 절대 잊지 말아야 한다고 말한다. 그러니까 공식적인 해석에 따르면 적국에서는 전쟁이 아니라 역겨운 혁명이 한창인 거고, 우리 쪽에서는 그곳에 군대를 보낸 것이 아니라 말한 대로 그저 의용병들이 조직화된 하등 인간들에 반대하는, 재건을 원하는 사람들 편을 들고 있을 뿐이라는 거다.

"벌써 알고 있습니다, 중위님."

내가 말했다.

"단지 제군에게 상기시켜주려는 것뿐이네."

중위는 말한 후 다시 약간 내게서 물러났다.

"중위님!"

내가 소리쳤다.

"우리 쪽 사정은 대체 어떻습니까?"

그가 히죽거렸다.

"훌륭하지! 사실 자네들, 용감한 의용병들은 이미 승리를 거두었고, 지금은 그저 청소를 할 뿐이라네."

아하, 청소를 한다고?

나도 히죽 웃음이 나왔다.

장교가 가고 간호사가 내 베개를 매만진다. 그러고 나서 우유와 빵을 가져온다.

바깥에서는 새가 노래를 부르고 있다.

봐, 보라고. 그러니까 우린 벌써 승리했다고. 그래그래, 자기 조국에 유용한 일을 하려면 영리해야 한다니까. 용감할 뿐만 아니라 영리해야 해. 이제 명목상의 정부를 세울 거다, 매수당한 자식들이. 그러고 나면 우리가 접수하려던 나라는 우리에게 그냥 굴러 들어온다. 능숙하게 해냈어!

나는 기쁘다.

팔만 다시 말짱해진다면! 그걸 위해서라면 뭔들 안 주겠는가. 전부 줄 거다!

하지만 넌 아무것도 가진 게 없잖아, 다시 이런 생각이 스치고 지나간다. 그러니 네 팔을 위해서 뭘 내놓을 수 있겠냐?

내 인생의 10년을.

웃기네! 대체 네가 얼마나 오래 살지 알기나 하니? 순전히 공수표뿐이군!

내가 학교에서 들은 얘기를 아직도 믿는다면 지금 나는 나의 천상의 행복을 포기하고 기꺼이 지옥불에 떨어지겠다고 말하리라 생각한다.

하지만 유감스럽게도 천사는 없고 악마도 없다.

잠깐! 불현듯 생각이 스쳤다. 너 대체 무슨 생각을 하는 거야?

"악마가 없다고?"

웃음이 나온다.

왜냐하면 지금 눈앞에 다시 마법의 성이 보이기 때문이다. 창문에는 격자 창살이 둘러져 있고 용들과 악마들, 그들은 밖을 내다보고 있다.

계속 웃음이 나온다.

만약 병상에서 일어나면, 그래, 그러면 다시 그곳으로 갈 거다. 거기까진 멀지 않을 거다. 이 병원도 황인, 흑인 선원들이 탄 외국 배들이 정박 중인 항구 가까이에 있으니까. 만약 창밖을 내다볼 수 있다면 혹시 나의 마법의 성이 보일지도 모른다.

하지만 창문은 너무 높이 있고 나는 마치 다시 꼬마가 된 것처럼 누가 나를 올려줘야만 내다볼 수 있다.

그래 맞아, 너는 아직 바닥에 앉아 있고 세 살이야, 그보다 많지 않아.

"추워."

이게 너의 최초의 기억으로 남아 있지.

내 팔만 되찾는다면! 오, 팔만 되찾는다면! 사람은 잃어버리고 나서야 비로소 자기가 뭘 가지고 있었는지 알아차린다.

그걸, 내 팔을 다시 찾을 수 있으면 좋겠는데…….

나는 사방으로 찾고 파편들을 전부 주워 모아 식은 죽 먹듯이 솜씨 있게 조립할 것이다.

"이 사람 아직도 열이 있어요."

담당 간호사의 목소리가 들린다.

나는 그녀가 보고 싶다.

간호사 옆에 의사가 서 있다.

그는 나를 살펴보기만 하고 말했다.

"흠."

그러더니 다시 가버린다.

내가 있는 방에는 열일곱 명이 더 누워 있다.

전부 부상당한 의용병들이다.

한 명씩 차례로 정렬되어 있다.

몇 명은 벌써 일어나도 괜찮아서 카드 놀이를 한다. 아니면 체스를 두든가.

이미 몇 명은 거의 완쾌했다.

딱 한 명만 다리가 하나 없다. 그는 절대 완쾌될 수 없다.

두 명은 벌써 사망했다.

첫 번째 사람은 열흘 전에, 두 번째는 오늘 밤에.

나는 불현듯 잠에서 깨어 그의 침대 옆 협탁 위에서 촛불들이 타고 있는 것을 보았다. 중앙에는 그리스도가 매달린 십자가가 있었다.

주위는 아주 조용했다.

모두 자고 있나?

대체 나 말고는 아무도 저걸 보지 않나?

아니, 다들 눈을 뜨고 있었지만, 꼼짝도 하지 않았다.

주위는 점점 더 조용해졌다.

간호사가 침대 옆 협탁 앞에 서서 기도를 하고 있었다. 그러자 갑자기 이런 생각이 들었다. 이제 저 의용병은 최고 심판관 앞에 서 있겠구나.

그렇다고 예전에 배웠다.

그리고 간호사는 그를 위해 기도한다. 그녀는 그에게 불멸의 영혼을 달라고 간청한다.

그자가 대체 무슨 일을 저질렀지?

뚱뚱한 간호사가 심판관에게 말한다.

"제발, 그에게 자비를 베푸소서."

그자가 대체 무슨 죄를 범했지?

왜 당신의 최고 심판관이 자비를 베풀어야만 하는 거야?

그 용감한 남자는 자기 조국을 위해 전사했는데, 대체 그에게서 또 뭘 원하는 거야!

그는 자기 목숨을 내놨어, 그걸로 충분하다고!

어떤 사람이 사적으로 저지른 죄는 그가 자기 민족 공동체의 영원한 생명을 위해 죽을 경우에는 전부 지워지기 때문이지. 이걸 명심하시지, 간호사 양반!

아직도 기도를 하고 있어?

어이, 차라리 날 위해 기도하시지. 내 팔이 다시 멀쩡해지게 말이야. 그게 더 분별 있는 짓일걸! 좀 기다려보라고 뚱녀, 적당한 기회에 당신한테 설명해줄 테니까!

그리고 기회가 왔다. 며칠 뒤에. 뚱녀가 우유와 빵을 가져왔다.

팔은 더 나아지지 않았다.

"간호사님."

내가 말했다.

"제가 건강해지도록 절 위해서도 좀 기도해주십시오."

간호사는 귀를 기울이고 나를 날카롭게 쳐다본다. 그저 잠깐 동안만. 내가 충분히 경건하게 말하지 않은 건가? 하긴 진심으로 한 말은 아니었다. 그저 그녀를 당황하게 만들고 싶었을 뿐이다. 그런데 왜지?

심술이 나서.

나는 기도 따위가 한 사람에게 뭔가 도움이 된다고 믿지 않지만, 그래도 진지한 표정을 지으려고 노력했다.

"나는 항상 모든 환자들을 위해 기도해요."

간호사가 말하더니 항상 그랬던 것처럼 다시 웃음을 짓는다.

"당신도 빼놓지 않지요."

"그러면 제가 건강해질 거라고 생각하십니까?"

"그건 모르지요."

아 그래요, 나는 생각했고 점점 더 심술이 났다.

"기도를 통해서 하느님께 부탁드릴 수 있을 뿐이에요."

간호사가 말을 계속한다.

"하지만 그분이 어떤 사람의 말을 들어주실지는 아무도 보증할 수 없어요. 단순한 인간으로서는 상관관계를 알지 못하니까요."

"무슨 상관관계 말씀입니까?"

"하느님은 모든 것을 아시고, 모든 것을 들으시고 밤낮으로 단 한 사람에게서도 눈을 떼지 않으세요. 모든 이에게 필요한 뭔가를 계획하고 계시니까요."

"개개인에게요?"

간호사가 놀라서 나를 쳐다보았다.

"물론이죠."

그녀가 말했다.

"그리고 중요한 것은 하느님의 계명을 따르는 거예요. 당신은 그걸 잊어버렸죠, 아닌가요?"

하느님의 계명이라고?

나는 간호사를 응시했다. 그녀는 마치 그 사실이 전혀 놀랍지 않다는 듯이 내게 아주 온화한 음성으로 질문했다. 그녀는 뚱뚱한 몸으로 자신감에 차서 내 앞에 서 있고 나는 그녀의 만족감이 불쾌했다.

그녀는 나를 혼란스럽게 한다.

"물론 하느님의 계명은 알고 있습니다."

나는 말했고 조금 히죽거리지 않을 수 없었다.

"이를테면 원수를 사랑하라."

"그래요."

그녀는 내 말에 끼어들더니 갑자기 아주 심각해졌다. 거의 엄격할 정도로.

"원수를 사랑하라, 하지만 잘못은 미워하라."

잘못을?

나는 귀를 기울인다.

이제 간호사는 마치 아무 말도 하지 않았다는 듯이 다시 웃음 짓는다.

그녀는 내게 고개만 끄덕였다. 상냥하게, 아주 상냥하게.

그때 의사가 왔다.

그가 내 침대 곁에 섰다.

그리고 나는 그에게 물었다.

"의사 선생님, 제 팔 상태가 어떻습니까?"

의사는 얼굴을 찌푸리더니 아무 대답도 하지 않았다.

그러더니 다시 가버린다.

나는 그의 뒷모습을 지켜보다가 갑자기 두려움을, 끔찍한 두려움을 갖게 되었다.

간호사는 여전히 내 옆에 서 있다.

그녀가 나를 살펴본다.

나는 울고 싶지만, 이만 악물 뿐이다.

눈을 감으니 눈앞에 빛이 가물거린다.

모든 게 다 혼란스럽다.

나는 점점 약해진다.

빛이 가물거린다, 빛이 가물거려!

내가 보기에 내 팔은 결코······.

혼란은 내 침대 주위를 뱅뱅 돌고 그 원에서 언덕이 튀어나온다.

완만한 언덕이.

언덕 위에는 천사가 서 있다.

천사는 나를 기다리고 있고 왼손에 내 팔을 들고 있다.

오른손에는 칼을 들고 있다.

꽃들이 만발해 있지만 지독하게 춥다.

왜 이렇게 추운지 신에게 물어봐야겠다는 생각이 든다.

그야 신과도 대화를 나눌 수 있으니까, 하는 생각이 떠올랐다.

신에게 도움을 받으려면 그에게 뭔가 약속해야 한다는 사실이 점점 더 또렷하게 기억난다.

맞아, 그에게 도움을 받으려면!

그에게 뭔가를, 그 어떤 것을 줘야 하고 그게 아무리 사소한 것일지라도 그는 모든 것에 감사한다.

마치 거지라도 된 듯이.

그에게 뭔가를 선물하라.

다시 외출할 수 있게 되면 처음으로 마주치는 거지에게 선사하라. 그에게 1탈러를 줘!

아니, 1탈러가 아니라 3, 4, 5탈러를!

그래 좋아, 5탈러다!

자기 분수에만 맞게 군다면 5탈러로 많은 것을 살 수 있다.

5탈러는 나한테 큰돈이다.

천사가 내게 팔을 돌려주도록 하기 위해 나는 그 돈을 사랑하는 신에게 바칠 것이다.

빛이 가물거린다, 빛이 가물거린다.

낮이 지나가고 밤을 데려온다.

의사가 와도 더는 얼굴을 찡그리지 않는다.

팔이 나아지고 있다.

오늘 난 팔을 다시 움직일 수 있다. 물론 아주 천천히만. 하지만 팔이 낫고 있다! 나아져, 나아진다고!

너무 아프지만 않다면 이 팔로 온 세상을 껴안고 싶다. 그 정도로 나의 미래는 다시 장밋빛으로 보인다!

재발만 하지 않는다면 나는 곧 침대에서 벗어날 것이다.

괜찮아, 괜찮다고.

간호사가 내 군복을 가져온다.

오늘 나는 처음으로 바깥 공기를 쐬어도 좋다는 허락을 받았다. 비록 딱 30분뿐이지만.

나는 내 군복을 사랑한다.

그동안 어디 있었던 거니?

"난 옷장에 걸려 있었어."

군복이 말했다.

"낡은 바지랑 밝은 색 더블 코트 옆에. 온통 민간인뿐이었지, 쳇!"

나는 옷을 입는다.

"이건 너무한데."

군복이 놀란다.

"너 너무 말랐잖아! 내가 몸에 아주 헐렁해! 내가 맵시가 안 나 보이잖아. 맵시가 나 보여야 한다고!"

"진정해."

나는 군복을 위로했다.

"너한테 줄 게 있어."

나는 그에게 내 세 번째 은별을 보여준다.

그러자 녀석의 표정은 당연히 환해졌고 헐렁하거나 말거나 상관없게 되었다.

간호사가 별을 떼매주었다.

나는 거울로 그것을 살펴본다.

주머니에 뭔가 하얀 것이 꽂혀 있다.

무슨 편지지?

'나의 아내에게'라고 위에 적혀 있다.

아, 대위님의 편지구나!

"그걸 진작 부치려고 했어요."

간호사가 말하는 소리가 들린다.

"하지만 누구한테 그 편지를 보내야 할지 몰랐어요. 당신은 미혼이잖아요."

아 그래, 이 뚱녀는 이 편지를 내가 썼다고 생각하는구나.

아니, 아니야, 난 혼자야.

어머니는 돌아가셨고 아버지랑은 더는 아무 관계도 없어. 그는 지금 분명히 자기 식당에서 절뚝거리며 돌아다닐 테고, 또 그래야만 해.

나는 편지를 집어넣고 바깥으로 나갔다.

나에겐 아무도 없다.

왜 우리 대위의 미망인에게 줄 편지라고 말하지 않았을까?

아마도 내가 직접 그녀에게 편지를 전하고 싶어서겠지.

그래야 도리일 테니까.

나는 그녀가 대충 어디쯤 사는지 알고 있다.

장기 외출 허가를 받으면 곧장 그녀를 찾아갈 것이다. 그녀는 교외에 살고 있고 어쩌면 거기서 자고 와야 될지도 모르니까.

자기 남편이 조국을 위해 전사했다는 사실을 그녀가 이미 알고 있으면 좋겠는데…….

그러자 갑자기 다시 이런 생각이 들었다. 대체 왜 그때 그녀의 남편은 그 헛간으로 갔던 걸까? 혼자서 그 기관총을 뺏으려고 했던 걸까? 그러면 결코 죽음을 면할 수 없다는 사실을 분명히 알았을 텐데. 그건 완전히 무의미한 짓이었다. 도대체 대위는 뭘 하려고 했던 걸까?

그가 대체 무슨 엉뚱한 생각을 한 거였을까?

모퉁이를 돈다.

저기 거지가 쪼그리고 앉아 있다.

첫 번째 거지군, 이런 생각이 머리를 스친다.

나는 그에게 약속한 5탈러를 주기 위해 호주머니에 손을 넣었다.

거지는 내가 있는 것을 모르는 것 같다.

장님인가?

아니면 그저 나를 속이려고 파란 안경을 끼고 있는 건가?

5탈러는 큰돈이다.

어쩌면 그는 나를 자세히 보고 있을지도 모른다.

어쩌면 저 거지가 나보다 더 많이 갖고 있을지도 모른다.

저자한테 네 돈을 줘.

아니, 나는 당신한테 돈을 주지 않고 당신 곁을 지나갈 거야.

나는 몸이 잡아당겨지고, 주님, 마사지를 받고 괴로움을 맛보았죠. 이런 조치들이 내게 팔을 돌려주었어요. 아시겠어요?

내 팔이 나아진 건 의사들의 기술 덕분이고 내 서약은 나약함의

산물이었다. 나는 계속해서 열이 났고 당신에게 5탈러를 주겠다고 약속했을 때는 완전히 절망에 빠져 있었다.

그래, 난 제정신이 아니었어.

그렇지만 이제 나는 다시 예전의 내가 되었다!

교수형을 당한 자의 집

하느님은 모든 것을 아시죠, 간호사는 말했다. 그리고 밤낮으로 누구에게서도 눈을 떼지 않는다고.

그게 사실이라면 나는 사랑하는 신이 되고 싶지 않다. 개인이 진작부터 중요하지 않게 된 마당에 언제나 개개인을 관찰해야 한다니. 보람 없는 직업이다.

사랑하는 신은 사실 점점 더 불필요한 존재가 되고 있다.

혹시 신이 더는 존재하지 않을 수도 있다. 모든 일을 그냥 감수하고 전혀 막으려고 하지 않는 걸 보면. 아니면 그저 겉보기에만 그런 걸까?

한마디로, 사람들은 잘 알지 못하는데 또 무슨 일이 일어날지 누가 알 수 있겠는가? 나는 모른다.

이를테면 내가 이생에서 언젠가 우리 대위의 미망인과 가까운 관계가 되리라고 누가 감히 짐작이나 했겠는가?

이른바 가까운 관계 말이다. 비록 하룻밤뿐이었을지라도.

누가 그날 밤을 예감했겠는가?

그날 밤은 나 자신조차 상상도 못했던 터라 그 후에 나는 우리 세상에 어떤 단순한 법칙들이 존재하는지에 대해 곰곰이 생각하기 시작했다. 위트란 걸 이해하지 못해서 우리를 이따금 두렵게 만들 수 있는 그런 법칙들 말이다.

어쩌면 더 높은 존재가 있을지도 모른다.

그 일이 있기 전에 누가 나에게 대위의 미망인과 자게 될 거라고 말했다면 나는 이렇게 대꾸했을 거다. 이 몽상가야!

내가 그것을 진짜로 원했는지도 도통 모르겠다. 내가 알았던 건 그저 그녀의 다리가 길었다는 것뿐이다.

그녀는 틀림없이 대위보다 키가 컸을 것이다.

그래그래, 이따금 나는 여자들의 다리를 사랑할 수 있다. 다리들은 나를 위해 그만두지 않기 때문에. 그리고 다리들은 모든 것을 간과할 수 있다. 모든 게 그저 아무것도 아닌 것처럼 쉽게 무시할 수 있다.

언젠가 다리의 언어에 대한 책을 읽은 적이 있다. 잡지였는데 한동안 나는 그걸 항상 끼고 다녔다.

상사가 잡지를 발견하고는 집으로 가져갔다. 그의 부인이 아궁이에다 그걸 불태웠다.

"추잡한 거야."

그녀가 말했다.

하지만 그건 추잡한 게 아니었고, 그저 옷을 조금밖에 입지 않거나 거의 다 벗은 튼튼한 여자들의 사진이 실려 있을 뿐이었다.

표지는 반신 사진으로 되어 있었다. 북방족제비 모피를 두른 숙녀. 그런데 대위의 미망인을 처음 봤을 때 바로 그 반신 사진이 생각 났다.

오후였는데도 그녀는 벌써 실내 가운을 입고 있었다.

그녀는 작은 빌라의 2층에 산다. 아래층에는 은퇴한 상업대리인이 살고 있고 위는 지붕이다.

그 빌라는 아주 멀리, 도시의 가장 끝 변두리에 있다. 교외의 새로운 주택 단지다.

5년 전만 하더라도 그곳은 아무것도 볼 게 없었다. 불빛도 포장도로도 하수도도 없고 오로지 풀숲뿐이었다. 하지만 옛날에 가축들이 풀을 뜯어먹던 곳에 지금은 근사한 단독주택들이 서 있다. 세상은 돌고 삶은 인색하게 굴지 않으니까. 우리는 자신을 점점 더 높이 발전시킨다.

교외선 열차에서 내렸을 때 나는 문득 벌써 가을이 된 것을 느꼈다. 도시 안에서는 아직 착각할 수 있었지만, 여기 교외에서는 마치 울어서 눈이 벌게진 것처럼 그렇게 슬프게 햇빛이 비추었다. 주위는 온통 안개에 싸여 있었고 누런 잎들이 소리 없이 떨어졌다.

한 노인이 천천히 나뭇잎들을 쓸어 모았다.

누런 잎들은 어떻게 될까?

대위님, 지금 어디 있어요?

나는 당신 생각을 하면 절대 안 돼요. 그랬다간 나뭇잎들이 더 말 없이 떨어질 테니까요.

대위님의 미망인을 처음 본 건 오후 6시가 조금 지났을 때였어요. 내가 탄 기차는 오후 5시 9분 정시에 도착했지만 나는 곧장 그녀에게 가지 않고 역 식당에서 맥주 한 잔을 마셨지요. 솔직히 고백하자면 그녀를 보는 게 괴로웠거든요. 혹시 그녀가 당신이 더는 이 세상에 없다는 걸 전혀 모르고 있을 수도 있고, 그렇다면 내가 그녀에게 그 소식을 알려야 했겠죠. 그녀는 깜짝 놀라서 나를 응시하고 나는 위로의 말을 찾아야만 했을 거예요. 아니, 난 할 수 없어요, 그럴 능력이 없어. 난 통곡하는 여자들을 좋아하지 않는다고요!

하지만 내 걱정은 기우였지요. 내가 더듬거리며 말을 시작하자 그녀는 금방 내 말을 중단시켰고, 당신이 이 세상을 떠났다는 사실을 이미 몇 달 전에 알았다고 말했어요. 아무개 중령이 당신이 의용병으로 전사했다고 조심스럽게 알려주었다더군요. 그녀는 '의용병'이란 단어를 말할 때 약간 씁쓸하게 웃었지만, 그래도 나는 그녀가 가장 큰 고통은 이미 극복했다는 것을 알아차렸지요.

그러니까 나는 맥주를 괜히 마신 거였다.

형편없는 맥주였다.

그래, 그때 나는 내가 그녀와 잘 거라고, 그것도 그날 밤에 그럴 거라고 생각하지 못했다. 그때 누가 나에게 그 일을 예언했더라면 나는 그자의 얼굴에 맥주를 부었을 것이다.

대위의 부인과 연애질을 시작하는 게 신의 없는 짓이라고 생각했을 터이기 때문만은 아니다. 아니 잠깐만! 사실 대위는 더는 우리 산 사람들 틈에 있지 않기 때문에 내가 그를 배반한 것은 결코 아니다. 게다가 육신은 약하다. 그건 오래된 눈(雪)이다.

그 빌어먹을 맥주를 마시면서 나는 '나의 아내에게'라고 씌어 있는 그의 편지를 자꾸만 살펴보았다.

그 간호사가 내게 아내가 있다고 생각했다니 웃긴다.

내가 결혼한다는 건 말도 안 되는 짓일 거다.

내 생각에 나는 결혼에 전혀 적합하지 않다.

이 점에서는 나도 당신과 똑같답니다, 대위님.

당신도 불행한 결혼 생활을 했죠. 조용, 우리 모두 알고 있었어요! 그래서 당신은 우리와 함께 병영에서 살았고 당신 부인은 반대 방향에 있는 여기 교외에서 살았지요. 당신은 일요일과 공휴일에만 그녀를 만났어요. 당신들은 서로를 이해하지 못했지요. 그것도 다들 알고 있었어요. 우리는 당신이 여자와 사이좋게 지내는 것을 결코 상상할 수 없었지요. 당신은 그 정도로 우리의 일부였어요.

병영은 당신의 유일한 고향이기도 했어요. 내 말을 믿어요. 당신이 우리 대열을 사열할 때면 우린 모두 우리가 당신의 아이들인 걸 알았어요.

그에 비하면 여자의 사랑은 뭐였지요?

약한 불빛.

그럼에도 오랫동안 자기 여자가 없으면 밤에 자신이 남자인지 여자인지 더는 알 수 없는 꿈을 꾸게 되지요.

이미 말했듯이 오후 6시가 막 지났을 때였죠.

우리, 즉 그녀와 나는 응접실에 앉아 있었어요.

그녀의 실내 가운은 가슴이 깊게 파여 있었고 작은 테이블 위엔 담배가 놓여 있었어요.

그녀는 그중 한 개비를 집어서 피웠어요. 그리고 나에게도 하나 주길래 나도 피웠지요.

그녀는 검정 실크 스타킹을 신고 있었는데, 그걸로 보아 당신이 더는 이 세상에 없다는 사실을 그녀가 이미 알고 있다는 것을 알아차릴 수 있었지요.

벽에는 그녀의 그림이 걸려 있었어요. 당신도 아는 그림이에요.

유화, 북방족제비 모피를 두른.

아마 나도 모르게 잡지의 반신 사진과 비교하게 된 것도 바로 그 북방족제비 때문이었을 거예요. 하지만 그녀한테는 한참 뒤에 그 얘기를 했어요.

제 말을 믿으세요, 제발. 시작한 건 내가 아니라 그녀였다고요. 그녀가 적극적인 쪽이었어요. 그녀는 나를 껴안고 말했어요. 왜 나를 껴안는 거지? 그녀는 내 군복 재킷 단추를 풀면서 말했어요. 지금 뭐 하는 거야? 그녀는 내게 키스하고 말했어요. 날 내버려둬! 그녀는 나를 자기한테 밀착시키고 말했어요. 내게서 떨어져…….

이 모든 것을 그녀는 저녁 식사 후에 했다.

9시 12분이나 되어야 다음 기차가 떠나기 때문에 그녀는 나를 저녁 식사에 초대했다. 하지만 그때 우리는 그 정도까지는 생각하지도 않았다.

적어도 나는 안 그랬다.

그녀는 혹시 그랬을지도 모르지만.

그래 맞아, 우리 남자들은 전장에서 쓰러지고 여자들은 집에서 쓰러진다. 우리 남자들은 땅 밑으로 꺼지고 여자들은 다시 일어서서 옷을 바꿔 입는다.

당신 부인도요, 사랑하는 대위님! 당신 부인도 말입니다!

그런데 왜 내가 당신에게 이 얘기를 다 하는 거죠? 왜?

왜 내가 계속 당신 생각을 하는 거죠?

마치 내 자신을 변명하려는 것처럼 들리는군요.

아니, 난 정말이지 그럴 필요가 없어!

난 전혀 나쁜 짓을 하지 않았고, 그녀도 그런 짓은 하지 않았어요. 그리고 당신, 당신은 죽었잖아! 꺼져버려!

어차피 당신이 부인에게 쓴 편지의 내용을 알게 된 후로, 내 눈으로 그걸 읽은 후로 당신과 나 사이의 많은 끈이 끊어져버렸어!

왜 당신 편지에서 나를 욕한 거지요? 내가 대체 당신한테 뭘 잘못했다고? 나는 당신을 구하려고 하지 않았던가요? 왜 나를 파렴치한 범죄자라고 부른 거죠?

대위, 그게 무슨 말이냐고!

그저 이 편지를 썼을 때 당신은 병이 났던 거라고 추측할 도리밖에요. 당신 미망인에게도 그렇게 얘기했어요. 보기에 당신이 제정신이 아니었다고, 신경이 예민해질 대로 예민해진 게 거의 확실했

우리 시대의 아이　69

고 당신의 혼란스러운 상상력이 당신에게 몹쓸 장난을 쳤다고요.

당신이 쓴 글을 읽자 그녀는 점점 창백해지더니 곧 붉어졌어요. 검붉어졌죠. 그러면서 한없이 놀란 아이처럼 입을 벌렸지요. 그러더니, 그러더니 나를 쳐다보았어요. 놀란 게 아니라 공포에 질려서. 난 그 눈빛을 절대 잊지 못할 거예요.

그녀는 밝은 회색 눈을 가졌지요. 당신도 알죠. 그것들이, 그 눈들이 나를 응시했지만, 내가 보기에 그녀는 아무 생각도 하지 않거나 아니면 온갖 상념이 모두 뇌리를 스치는 것 같았어요.

그러나 그녀는 한마디도 하지 않았고, 대신에 손에 들고 있던 편지가 떨리기 시작했지요. 나는 점점 불쾌해졌고 당신이 뭐라고 썼는지 물어보려고 했는데, 그녀가 나보다 빨랐어요.

"끔찍해요."

그녀가 말했어요. 비록 아주 작은 소리였지만.

그러더니 일어서서 왔다 갔다 했지요.

대체 왜 저러지?

갑자기 그녀는 내 앞에 바싹 다가와 멈춰서더니 내게서 눈을 떼지 않는다.

"그이가, 그이가 당신에게 이 편지를 줬나요?"

"네, 그러니까 제가 대위님 손에서 편지를 뺐습니다."

"조용히 해요!"

그녀가 소리를 질러 내 말을 끊었다.

"더는 말하지 말아요, 이 짐승! 이건 너무 무시무시해. 한마디도,

한마디도 하지 마!"

그녀는 소파에 쓰러지더니 통곡했다.

나는 더는 어찌할 바를 몰랐고 신경질적으로 이런 말이 떠올랐다. 어떡하지?

영문을 모르는 나는 그녀가 통곡하게 내버려뒀다.

우는 소리가 점점 작아지더니 그녀가 천천히 다시 몸을 일으키고 작은 손수건으로 눈물을 닦고 슬쩍 코를 푼다. 그러더니 다시 내게 말을 시킨다.

"이보세요, 나한테 전부 말해줘야 해요. 전부, 전부 다. 지금 당장."

왜 지금이지?

"그러니까……."

그녀는 말을 잇더니 자제하려고 애썼다.

"당신이 그이 손에서 편지를 빼냈나요?"

"네, 대위님이 손에 뭔가 하얀 것을 가지고 있는 것을 발견해서요."

"당신은 그이를 구하려고 했죠, 아닌가요?"

그녀가 완전히 넋이 나간 듯이 웃기 때문에 나는 오싹해진다.

"네, 전 대위님을 구하려고 했습니다."

내가 말했다.

"하지만 너무 늦었죠?"

"네, 너무 늦었습니다."

그녀는 여전히 웃고 있다.

"그러면 당신이 그이를 잘라냈나요?"

"잘라내다니요?"

나는 그녀를 응시하고 그녀는 더 이상 웃지 않는다.

잘라내다니? 머릿속이 온통 혼란스러워진다.

그녀는 나를 살폈다.

"나한테 전부 얘기해줘요."

그녀가 말했고 점점 더 결연해졌다.

"나는 진실을 들을 권리가 있어요. 난 결국 그이의 법적 아내였고, 사람들이 영웅적 죽음이니 뭐니 하는 말로 나를 속이는 걸 바라지 않아요! '배려' 따윈 필요 없어! 나는 그저 진실을, 있는 그대로의 진실을 원해요!"

이 여자가 돌아버렸군 하는 생각이 문득 들었다.

"여기 이 글귀들, 그이의 마지막 편지를 보면 그이가 전사한 게 아니라 스스로 목을 맸다는 걸 분명히 알 수 있어요."

나는 벌떡 일어났다.

"목을 맸다고요?"

"여기에 똑똑히 적혀 있어요! 그이가 직접 쓴 거예요! 그리고 이제 난 모든 걸 정확히 알고 싶어요. 전부, 모두 다!"

"하지만 대위님은 절대 목을 매시지 않았습니다!"

"거짓말하지 말아요!"

그녀가 내게 고함을 질렀다.

"거짓말은 그걸로 충분해요!"

이제 내 인내심도 바닥이 났다.

"난 거짓말 안 해요!"

내가 그녀에게 호통을 쳤다.

"대체 무슨 엉뚱한 생각을 하시는 겁니까? 대위님은 그야말로 전사하셨어요!"

"전사했다고?"

그녀는 새된 소리를 지르며 내 말을 끊고 얼음처럼 아주 차갑게 웃었다.

"전사했다고 그랬나요? 여기, 그이의 편지를, 그이의 마지막 편지를 읽어보시지, 이 거짓말쟁이!"

그녀는 편지를 테이블 위로 던졌고 나는 편지가 거기 놓여 있는 것을 본다.

하지만 아직 건드리지는 않는다.

그녀는 창가에 서서 밖을 내다보았다.

바깥에는 열차가 지나간다. 교외선 열차가.

"읽어보라니까요!"

그녀가 갑자기 내게 다시 호통을 쳤다.

"그렇게 겁내지 말고 읽어요!"

"저는 겁내지 않습니다."

나는 화가 나서 말했다.

재빨리 편지를 움켜쥐고 읽기 시작한다.

"나의 사랑하는 아내에게."

나는 읽는다.

"영원으로의 긴 여행을 떠나기 직전에 당신에게 다시 한번 감사하고 싶어. 당신의 사랑과 신의에 감사하고 싶어. 나를 용서해줘. 하지만 난 더 살아갈 수 없어. 내게는 밧줄이 마땅해."

나는 멈칫한다.

밧줄이라고?

그가, 대위가 여기 뭐라고 쓴 거지?

그리고 나는 계속해서 읽는다.

"우리는 더는 군인이 아니라 비열한 도둑, 비겁한 살인자야. 우리는 정직하게 적을 상대로 싸우는 것이 아니라 악랄하고 비열하게 아이들과 여자들, 부상당한 사람들을 상대로 싸우고 있어."

나는 부인을 힐끔 쳐다보았다.

그녀는 여전히 창가에서 밖을 내다보고 서 있다.

여자들을 상대로 싸웠다고?

그래, 그 말은 맞다.

"나를 용서해줘"라고 대위는 쓰고 있다.

"하지만 난 더는 이 시대에 맞지 않아."

나는 대위의 부인을 쳐다보고 생각한다. 당신은 이 시대에 맞나요? 그리고 나 자신에게 질문한다. 나는 이 시대에 맞나?

"이건 치욕이야."

나는 계속해서 읽는다.

"그리고 내게 가장 깊은 고통을 주는 건 내 조국의 몰락이야. 지금 조국은 명예를 상실했고, 그것도 영영 상실했기 때문이지. 주님 제가 끝낼 수 있게 저에게 힘을 주십시오. 저는 범죄자로 계속 살아가고 싶지 않고, 제 조국이 혐오스럽습니다."

혐오스럽다고?

부인은 여전히 창밖을 내다보고 있다.

저 밖에 대체 뭐 그렇게 흥미로운 게 있을까?

아마 아무것도 없을 거다.

나는 그녀를 쳐다보고 대위를 생각했다.

앞으로 어떻게 될까요?

누가 당신을 이해할 수 있을까요?

왜 당신의 조국이 혐오스러운 거지요?

그래, 그건 사실이에요. 당신은 더는 우리 곁에, 당신의 병사들 곁에 있고 싶지 않았던 거죠.

당신은 우리에게 낯설어졌고 그때 이미 우린 그걸 느꼈어요, 기억납니까?

이를테면 그때 우리가 포로 몇 명을 처단했다는 소리를 듣고 당신이 무슨 짓을 했는지! 그런데 결국 우리는 조치를 앞당겨서 했을 뿐이었어요. 어쩌면 잔혹했을 수도 있죠, 인정해요! 점잖게 굴어서는 전쟁에서 이길 수가 없잖아요, 당신도 분명히 그걸 알고 있었을 텐데요! 하지만 당신은 우리에게 호통을 쳤지요. 군인은 범죄자가 아니고 그런 앞당긴 조치는 전장에 합당치 않다고요!

전장에 합당치 않다고?

그게 무슨 말입니까?

우리는 이 말이 저번 세계대전에서 유래한 표현이라는 것을 어렴풋이 기억할 뿐이에요. 그 말을 배우지는 않았어요.

그런데 당신은 그 조치를 생각해낸 전우의 옷깃에서 당신 손으로 그의 별을, 그의 은별을 떼어냈어요.

말해봐요, 대위. 그게 무슨 의미였지요?

다음날 그 동료는 별을 되찾았고, 당신, 바로 당신은 엄한 질책을 받았지요. 우리는 모두 그 공문서에 뭐라고 적혀 있는지 알고 있었어요. 소위가 우리에게 얘기해줬지요.

거기에는 시대가 바뀌었고 우리가 지금 마상 경기에 참가하던 기사들의 시대에 사는 건 아니라고 씌어 있었죠.

대위, 대위, 그건 아무 의미도 없어요!

내 말을 믿어요, 난 당신에게 호의적으로 말하는 거예요.

내가 당신 뒤를 쫓아 뛰어들지 않았던가요?

당신을 죽음에서 빼내려고 하지 않았던가요?

이제야 나는 왜 당신이 기관총 앞으로 뛰어들었는지 알겠어요. 이제야 내가 당신에게 베푼 게 호의가 아니었다는 걸 알겠어요.

하지만 내 팔은 그랬다고 믿어야만 했어요.

팔은 아직까지도 완쾌되지 않았고 어쩌면 영영 안 될지도 몰라요.

어떻게 당신은 자기를 도와주려고 했던 나를 범죄자라고 부를 수 있죠?

어떻게 나를 혐오스러워할 수가 있나요?

나도 조국에 속하잖아요.

그리고 저기 창가에 있는 당신 부인도 마찬가지고요.

당신들이 항상 다투기만 했다고 하더라도 당신이 다시 집으로 돌아오는 것이 그녀에게 틀림없이 더 좋았을 거예요. 비록 그녀가 아직 젊은 편이고 스스로 마음을 달랠 수도 있겠지만요.

하지만 그래도, 개개인이 중요하지 않다 하더라도 당신은 그런 짓을 해서는 안 되는 거였어요. 봐요, 그녀는 완전히 제정신이 아니라고요.

난 이제 그녀에게 밧줄 따위는 아무 역할도 하지 않았다고, 그저 적의 기관총만 있었을 뿐이라고 말하고 그녀를 진정시킬 거예요.

그리고 난 그녀에게 그 말을 했다.

그녀는 내 말을 주의 깊게 듣더니 물었다.

"그게 사실이에요?"

"네."

그녀는 밝은 색 눈으로 슬프게 나를 바라보고는 지친 듯이 살짝 미소를 짓는다. 그러고 나서 우리는 다시 침묵한다.

그녀가 조용해져서 나는 놀랐다.

갑자기 그녀가 내게 물었다.

"나한테 한 가지 약속해줄 수 있어요?"

"물론입니다."

"이 편지 내용은 우리끼리만 알고 있어요, 부탁해요."

"알겠습니다."

그녀는 편지를 집어 들더니 머리 모양을 가다듬는다.

"누가 실제 사정을 알게 된다면 나한테 매우, 매우 괴로운 일이 일어날 거예요. 난 유서 깊은 관리, 장교 집안 출신인데 이런 끔찍한 편지가 알려지면 엄청난 스캔들이 일어날 거예요."

"예, 알겠습니다."

"무덤 속에 있다고 그이를 내버려둘 위인들이 아니거든요. 그이를 무덤에서 파내 주위에 올곧은 사람은 잠들어 있지 않은 어딘가에 대충 묻어버릴 거예요."

"그럴 수도 있지요."

그녀는 놀라서 나를 쳐다보았다.

그러니까 당신은 관리, 장교 집안 출신이라는 거지, 이런 생각이 났다.

"당신은 이제 나와 공범이에요."

그녀가 내 생각을 중단시키고 다시 살짝 웃는다.

"이 일이 우리만의 비밀로 남는 건 당신에게 달려 있어요, 오로지 당신에게만. 하느님이야 침묵을 지키실 테니까요."

그녀는 내게 고개를 끄덕이고 방에서 나갔다.

부엌으로 가서 식사 준비를 한다.

왜냐하면, 말했듯이 내가 탈 기차는 밤 9시 12분에 떠나므로 난 그녀의 집에서 저녁을 해결해야 하기 때문이다.

이제 나는 혼자 있다.

작은 테이블 위에는 아직 담배가 있다. 나는 담배에 불을 붙인다. 책장에는 세계대전의 기념물들이 있다. 대위의 것이었을 군사 서적들이 있다. 그리고 그녀의 것일 바보 같은 소설들이 있다.

부엌에서는 접시가 달그락거린다.

대체 식사로 뭐가 나올까?

십중팔구는 찬 음식일 거다.

아마 고급 냉육류, 버터, 치즈와 빵이겠지.

바깥에는 비가 내리기 시작했고 나무들은 부들부들 떨지만, 이 안은 온통 따뜻하고 고요하다.

그래, 가을이 되었다.

날이 점점 더 어두워지고 램프의 그림자가 중앙에 있는 큰 테이블 위로 드리워진다.

여기서 둘은 식사를 했다, 대위와 그의 아내는.

그러자 문득 이런 생각이 든다. 이것 봐, 여기서 넌 편안한 생활을 맛보는구나.

네가 그리도 경멸했던 생활을.

정당하게?

이렇게 자문하고 있자니 아버지가 생각났다.

아버지는 지금도 식당에서 절름거리며 돌아다니고 있을 테고 나는 그가 불쌍해지기 시작했다.

아버지도 이런 방을 갖고 싶어 했다.

이런 멋진 램프와 책장, 안락의자, 크고 작은 테이블을.

그리고 부엌에서 접시를 달그락거리는 아내를.

나의 어머니는 음식 솜씨가 좋았을까? 나는 모른다.

그나저나 언제 다시 어머니를 찾아가야겠다. 벌써 몇 년 동안 어머니 무덤에 가지 않았다.

갑자기 기분이 아주 묘해진다. 한 여자 때문에 조국을 잊을 수도 있을 것 같아서, 여자가 자신을 위해 요리를 해주면 더는 조국을 이해하려 들지 않을 것 같아서.

그래, 사랑은 위(胃)를 통과해 간다.

히죽 웃음이 나와 나는 왔다 갔다 했다.

구석에 커다란 거울이 있어 내가 걸어다니는 게 보인다. 그리고 불현듯 이런 생각이 뇌리를 스친다. 대체 대위의 걸음걸이가 어땠더라?

나는 대위처럼 걸어보려고 해본다.

잘되지 않는다.

웬걸, 두 걸음은 제대로 되었다. 그는 그렇게 걸었다! 조금 무겁고, 조금 힘 있게.

그래, 그렇게 그는 여기서 왔다 갔다 했고 식사를 기다렸다.

그도 이렇게 오랫동안 기다려야만 했을까?

난 벌써 배가 잔뜩 고프다. 저 여자는 대체 저 밖에서 뭘 그리 한참 동안 달그락거리는 걸까?

막 네 대째 담배에 불을 붙이려는 순간, 그녀가 마침내 쟁반을 들고 나타났다.

샐러드를 곁들인 커틀릿이다. 브라보!

그녀는 아무 말 없이 상을 차린다.

나이프와 포크와 스푼, 전부 정돈되어 있다.

전부 대오를 지어 있다, 하나씩 차례로.

이제 나는 점차 대위가 되어간다.

그의 자리에 앉는다.

아마 집에 장을 열고 닫아주는 아내가 있다면 멋질 것이다.

모든 것을 다 정리정돈하는 아내.

그래, 이런 걸 누릴 금전적 능력이 있으면 정말 멋질 것이다!

행복은 순전히 돈의 문제지 다른 무엇도 아니다.

아니 잠깐만!

대위는 이런 가정의 행복을 누릴 능력이 있었는데도 병영에서 살았다.

그녀는 일요일과 공휴일에만 그를 보았다.

그러니까 이 모든 천상과 지상의 사랑은 전부 아무 쓸모 없고, 내가 어느 누구도 좋아하지 않는다는 사실은 변함이 없다.

나 자신도 싫다.

사실 난 모든 사람을 증오한다.

대위조차도 이미 내게서 멀어지고 있다. 그의 편지를 본 이후로.

그가 혐오스러워한 이후로.

"적포도주를 마실래요, 아니면 백포도주?"

그녀가 물었다.

"전 아무 거나 다 마십니다."

그녀는 적포도주를 따랐다. 먼저 자기 잔에, 그다음에 내 잔에.

나는 잔을 든다.

"부인의 건강을 위하여!"

"고마워요."

그녀는 나지막이 말하고 살짝 한 모금만 마신다.

그녀는 매우 창백하고, 우리는 아무 말도 하지 않는다.

멀리서 종악(鍾樂) 소리가 들려온다.

나는 귀를 기울였다.

"역의 전철 장치예요. 어두워지면 그 신호를 들을 수 있어요."

그녀가 말했다.

"그게 어두운 거랑 무슨 상관입니까?"

나는 그녀가 마침내 말을 했다는 사실에 마음이 가벼워져서 물었다. 이렇게 말없이 먹기만 하는 게 진작부터 신경에 거슬렸기 때문이다.

"몰라요, 원래 그랬어요."

그녀가 말했다.

그리고 나를 쳐다보지 않고 계속 설명한다.

"우리 지구상에는 설명할 수 없는 것들이 있으니까요. 기이한 비밀들, 해명되지 않은 상관관계들이요. 그렇게 생각하지 않아요?"

그녀는 내 대답은 전혀 기다리지 않고 검사하듯 샐러드를 뒤적거리면서 말을 계속한다.

"전에 무서운 꿈을 꿨어요. 그 꿈에서 난 여기 이 소파 위에 누워 소설을 읽고 있었는데 그때 남편이 급히 들어오더니 나한테 소리를 질렀어요. '가자! 시간이 됐어!' 그러더니 내가 아직 준비가 안 되었다고 나한테 호통을 쳤죠. 아, 그이는 아주 심한 욕을 했어요. 사실 그이는 근본이 선한 사람이긴 했지만 실제로는 아주 조급하게 굴 때가 있었거든요. 그래서 얼른 옷을 입는데 그때 갑자기 그이의 이마에 있는 깊은 상처에서 피가 나는 게 보이는 거예요. 난 공포에 질려 소리를 질렀는데 그이는 웃기만 하더니 입술에 손가락을 대고 속삭여요. '조용히 해, 애들이 자고 있잖아.' 그런데 우리는 사실 아이가 없어요. 나는 그이를 응시하고 말했어요. '알퐁스, 자기 머리가 대체 어떻게 된 거야?' 그러자 그이가 말했죠. '무슨 헛소리야! 이건 내 머리가 아니라 내 심장이야.' 그러고 난 깨어났어요."

"기묘하군요."

내가 말했다.

"그런데 가장 기묘한 건 그이가 죽은 바로 그날 이 꿈을 꿨다는 거예요."

"정말 기묘하네요. 그러고 나서 대위님이 그렇게 갑자기 사라졌습니까? 제 말은, 꿈속에서요."

"네, 그러니까 그이는 이 문으로 나갔어요. 마치 살과 피가 없는 것처럼 나무를 직접 통과해서요."

"그런데 이 문은 어디로 통하지요?"

그녀가 잠시 나를 응시하더니 말했다.

"내 침실로요."

그녀가 새빨개진다.

왜지?

그녀는 잔을 비웠다, 거의 허겁지겁.

갑자기 그녀는 다시 말을 시작한다.

"근데 직업이 뭐예요? 대학생?"

내가, 대학생이냐고?

내가 그렇게 보이나?

군복이 없으면 나는 아무것도 아니라고 그녀에게 말해야 할까?

형사가 빙판 위로 미끄러지지만 않았으면 심지어 전과가 있었을 거라는 것도…….

그런데 나는 이렇게 말한다.

"네, 대학생인데 중간에 입대했습니다, 자원해서요."

"아아!"

그녀는 무척 심각해졌다.

아마 '자원'이라는 말을 듣고 다시 대위 생각이 났나 보다.

하지만 나는 웃음만 나올 뿐이다. 그녀가 나를 대학생으로 봐줘서 기분이 좋기 때문이다.

그러니까 돈만 중요한 게 아니라 개인이 풍기는 인상도 중요한 거다. 아무것도 없는 것보다는 뭐라도 가진 게 낫다!

나는 단어와 문장들이 그냥 저절로 나오는 것처럼 그녀에게 아주 거리낌없이 얘기할 수 있었다.

처음에는 서먹서먹했지만, 이렇게 마구 지껄이고 있자니 자꾸 같은 생각이 든다. 이것 봐, 사교계의 숙녀와도 쉽게 식사를 할 수 있다니깐. 그녀가 널 대학생으로 여긴다면 말이야.

나는 그녀에게 온갖 헛소리를 다 하고 심지어 그녀는 한번 환하게 웃기까지 한다. 하지만 도중에 그치더니 오늘은 마치 웃어서는 안 된다는 듯 불안스레 주위를 둘러보았다.

그리고 나는 그녀에게 아직 완전히 낫지 않은 팔에 대해 얘기하지만, 왜 팔을 부상당했는지는 숨긴다. 우리 대위님을 구하려고 했기 때문이라는 것도.

왜 나는 그 일에 대해 아무 말도 하지 않는 걸까?

왜 나는 그녀에게 그녀의 남편을 용감무쌍하게 저지하려고 했기 때문에 술을 마실 때조차 팔이 아프다는 말을 하지 않는 걸까?

왜 나는 사실 내가 영웅이라고 으스대지 않는 걸까?

나 자신도 왜 그런지 몰랐다.

그저 나지막한 내면의 목소리가 내게 이렇게 말했을 뿐이다. 그의 이름을 더는 언급하지 마, 그의 이름만은 제발…….

그는 더는 여기 있을 권리가 없다.

더는 그의 그림자가 우리 테이블에 드리워져서는 안 된다.

꺼져!

꺼져, 그녀가 아까 웃었으니까.

그녀가 더는 주위를 둘러봐서는 안 돼!

꺼지라고!

점점 더 시간이 늦어진다.

"이제 가야겠습니다."

내가 말했다.

"아직 포도주가 남았어요."

그녀가 말했다.

나는 오랫동안 포도주를 마시지 않았기 때문에 취기가 머리까지 올라와서는, 나를 쫓아다녔지만 나한테는 너무 어려서 좋아하지 않았던 아가씨에 대해 얘기한다. 그때 그녀가 나를 관찰하고 있다는 걸 알아차렸다. 그녀가 비웃음을 지었기 때문에 나는 말을 멈췄다.

이제 다시 종소리가 울린다. 전철 장치다.

그녀는 귀를 기울이더니 약간 움찔했다.

"무슨 일이죠?"

"당신이 탈 막차였어요."

"막차라고요? 그럼 안녕히 계십시오!"

하지만 그녀가 나를 진정시켰다.

"그냥 여기서 자도 돼요, 여기 소파에서요. 단, 팔이 불편하지 않을 것 같으면요."

"하지만 그건 안 될 말씀입니다."

"왜 안 된다는 거예요? 당신이 있어도 난 불편하지 않아요, 오히려 그 반대인 걸요. 난 집에 혼자 있는 걸 전혀 좋아하지 않아요. 1층 사람들은 전부 여행을 떠났고 우리 집 식모애는 내일 아침에나 와요. 그러니까 집에 아무도 없는데다 아주 섬뜩한 거지들이 종종 찾아온다고요."

거지라고?

그 말이 나에게 비수를 꽂는다. 아직 호주머니에 들어 있는 5탈러가 생각났기 때문이다.

그리고 내가 이 돈을 주려다 말았던 그 자도.

거울 속의 나를 본다.

이제서야 내가 앉은 자리에서 나를 볼 수 있다는 사실을 깨닫는다.

내가 맘에 들지 않는다.

그리고 그녀가 말한다.

"이 거지들이 갈수록 파렴치해져요."

개

그녀는 침실로 들어갔고 나는 옷을 벗었다. 재킷을 의자 위에 걸쳐놓았다가 밤이 깊어지자 지독하게 추워서 곧 다시 입었다.

폭풍이 불어왔기 때문이다. 커튼이 움직인다. 특히 왼쪽 것이 움직이고 아픈 팔 위로 바람이 불어온다.

난 그녀가 준 이불 밑으로 더 깊숙이 들어갔지만 잠깐씩밖에 잠이 들지 않는다. 그리고 곧 다시 깨어난다. 그의 편지가 나를 놔주지 않는다.

밤은 점점 더 깊어지고 폭풍은 지붕 위에 내려앉는다.

저기에서 지금 그것이 왔다 갔다 하고 있다.

그 편지, 그 편지가!

자거라, 멍청한 자식아, 그리고 더는 고민하지 마.

테이블 주변의 높은 산들이 보이니?

거울 속에서 도시가 불타고 있다.

그냥 진군해, 높은 고원을 지나.

전진, 독재 정권의 병사들이여!

우리 주위로 낭떠러지가 입을 벌리고 있고 그 밑으로 물이 좔좔거린다.

우리는 민간인 다섯 명을 교수형시켰다.

한 명씩 차례로.

까마귀 두 마리가 지나간다.

대체 대위가 어떻게 된 거지?

총을 쏘는 것이 그를 기쁘게 하지 않는 것 같다.

우리는 모두 자주 고개를 설레설레 흔든다.

당신은 벌써 인기가 많이 떨어졌어요.

몇 명은 투덜거리기까지 한다고요.

비록 당신이 아직도 매일 아침 우리 대열을 사열하지만 당신은 우리의 무장만 쳐다볼 뿐, 더는 그 무장을 뚫고 우리 내면을 들여다보지는 않지요.

이따금 우리는 대오를 지어 서 있는데도 정말 고독하다고 느낀다. 마치 위험이 닥칠 것 같은 밤에 속수무책으로 있는데 우리를 보호해줄 사람은 아무도 곁에 없는 것처럼.

까마귀들이 되돌아온다.

그리고 우리는 연병장에서의 아름다운 나날들을 애타게 회상한다. 그가 우리를 사열하고, 안팎으로 다 제대로 되었기 때문에 그만의 자신 있는 태도로 살짝 고개를 끄덕일 때면 얼마나 멋졌던가.

아, 대위님, 앞으로 어떻게 될까요? 어떻게?
내가 이렇게 물었을 때 당신 미망인이 갑자기 침실 문지방에 나타났어요.
그녀는 하얗게 질린 채 떨고 있었지요.

나는 벌떡 일어났다.
그녀는 옷을 거의 안 입고 있었고 의자에 앉아 얼굴을 테이블 위에 대고 울었다.
"무슨 일이십니까?"
내가 물었다.
"더는 저기 못 있겠어요."
그녀가 훌쩍이며 말했다.
"아마도 신경과민일 뿐이겠지만 더는 혼자 못 있겠어요. 뭔가가 내 침대 주위를 돌아다니는 것처럼 무슨 소리가 계속 들려요."
"대체 뭐가요?"
그녀는 울어서 벌게진, 놀란 눈으로 나를 보더니 천천히 말했다.
"개요."
개라고?
"아니!"
갑자기 그녀가 소리를 질렀다.

"난 이제 다신 저기로 돌아가지 않을 거야! 절대 안 가, 절대 안 가!"

그녀는 점점 더 격하게 울부짖는다.

나는 군화만 벗었기 때문에 일어서서 그녀에게 소파를 내주었지만, 그녀는 안락의자에서 자겠다고 고집을 부렸다. 난 그걸 용납하지 않았고 그러면서 그녀의 어깨를 건드렸다. 그러자 그녀는 분노해서 몸을 돌리더니 내 팔을 때린다. 나도 화가 나서 그녀를 한 대 친다.

"무슨 생각을 하는 거예요!"

그녀가 고함쳤다.

"조용해요!"

내가 그녀에게 호통을 쳤다.

"내 팔은 망가졌어요! 저기 소파가 있으니 잔말 말아요!"

"잔말 말라고?"

그녀는 길게 끌면서 말하고 내게서 눈길을 거두지 않는다.

그녀는 마치 나의 철천지원수처럼 그렇게 내 앞에 서 있다. 화가 나서 말없이.

북방족제비 모피를 두른 그 반신 사진이 생각났다. 하지만 나는 내려다보지 않는다.

점점 더 조용해진다.

지금 천사가 방 안을 날아다니고 있어, 아이들은 말한다.

난 그녀의 입만 쳐다본다.

그녀는 입을 다물지 않는다.

입술은 촉촉하다.

"누워."

내가 나지막이 말한다.

그녀가 발끈한다.

"나한테 반말을 쓰다니 무슨 엉뚱한 생각을 하는 거예요, 당신!"

내가 반말을 했나? 전혀 모르겠다.

사과를 하려는데 그녀가 내 머리카락을 천천히 쓰다듬는다. 그녀의 입술이 움직인다.

"뭐라고 하셨습니까?"

"아무 말도요."

하지만 난 그 말을 들었다. 그녀는 거짓말을 하고 있다.

그녀는 이렇게 말했다.

"나를 어떻게 하려는 거야?"

잃어버린 아들

 사실 난 그녀를 절대 다시 보지 않으려고 했다. 대위의 미망인 말이다. 그리고 그녀도 나를 다시는 보지 않으려고 했다. 그때 아침이 밝아와 내가 교외선 첫차를 타기 위해 급히 작별 인사를 했을 때 그녀는 이렇게만 말했을 뿐이다.
 "우리 이 일은 잊어버려요, 친구."
 그녀는 나를 대학생으로 여겼다.
 그리고 그건 아직까지도 기분이 좋다.
 그래, 모험일 뿐이었다. 비록 매번 다른 전제 조건 아래서긴 하지만 밤낮으로 수도 없이, 수도 없이 벌어지는 모험 말이다. 그러나 어쩌면 이 모든 조건이 순전히 외적인 것에 불과할지도 모른다.
 솔직히 고백하건대, 나는 우리 두 사람이 그 일을 잊어야 한다는 사실이 심지어 기쁘기까지 했다. 우리는 결국 서로를 위해 창조되지 않았기 때문이다. 그녀의 살갗 때문인지 아니면 그녀가 나한테는 너무 활달했기 때문인지, 그건 잘 모르겠다. 간단히 말해 그 모든 것에도 아랑곳없이 어떤 종류의 내적 결합도 이루어지지 않았으며, 내게 남은 유일한 것은 상류 사회의 숙녀들도 그저 여자일 뿐이라는 나의 오래된 예감뿐이었다. 나는 자신을 인정받았다고 느꼈고 그녀에게 더는 아무 관심도 없었다. 북방족제비 모피를 두른 반신 사진조차도 그 이후로 나한테는 그저 시각적 속임수로밖에 보이지 않았으니까.

하지만 우리 인생에는 위트를 이해하지 못하는 해명되지 않는 상관관계들이 있는 법이다. 그 점이 내게 점점 더 분명해진다.

비록 아주 다른 용건이긴 했지만 나는 그녀, 대위의 미망인을 다시 한번 만나야 했다.

우리가 함께 밤을 보내고 나서 약 3주 후에 나는 다시 그 교외 기차역에 서 있었다.

"신선한 맥주가 있어요!"

식당 앞에서 여자애가 소리쳤다. 고맙지만 됐네. 직접 마셔보시지, 그 쓰레기를!

내가 다시 그녀를 찾아간 건 순전히 아버지 탓이었다. 그래, 나의 아버지 말이다! 이 발상의 출처는 아버지였고, 그가 나를 부추겼다. 그 말고 다른 누구도 아니다!

너무 많은 신경이 끊어지는 바람에 팔이 아무래도 나아지지 않았고 내 운명은 영영 결판난 것처럼 보였기 때문이다.

그날 밤 바로 다음날 의사가 나를 검진하고는 말했다.

"이게 대체 무슨 일이죠? 상태가 더 악화되었잖습니까!"

나는 매우 놀랐다.

"뭐 무거운 것을 들어올리거나 옮기거나 끌었습니까?"

"아뇨."

나는 대답했고 울음이 나올 판인데도 나도 모르게 웃었다.

"너무 자신을 과신하지 마십시오!"

의사가 말하고 옆사람에게로 갔다.

그 여자가 내 팔을 베고 잠들었을 때 나는 그녀를 깨웠어야만 했다. 하지만 난 그녀가 편안히 쉬게 하려고 그냥 두었고 이제 내 상황은 나쁘다.

배은은 세상의 상습이다.

그녀의 침실에 앉아 있던 개를 불러 들어오게 했어야 했는데. 그랬다면 그녀는 벌떡 일어났을 텐데.

그런 여자는 대체 몸무게가 얼마나 나가지?

그녀는 송아지만큼 무거웠다.

분명히 70킬로그램쯤 될 거다.

내 팔이 영영 완쾌되지 않는 것에 대해 그녀를 비난하고 싶지는 않다. 그저께부터 그 점은 의학적으로 입증되어 이미 확고했다. 하지만 그녀도 거기에 작은 돌을, 내 팔을 영원히 으스러뜨려버린 돌더미에 작은 돌을 보탰다.

그래, 군대를 떠나야 한다는 것이 돌이킬 수 없이 확실해졌을 때 나는 커다란 타격을 입었다.

하지만 그런 타격이 사람을 강하게 만든다.

눈썹도 까딱하지 않고 나는 말했다. 안녕, 은빛 별들아!

아직은 군복을 입어도 되지만 영원히 그럴 수는 없다. 그저 임시조치일 뿐.

내게 앞으로 무슨 일이 일어날지 아직 모른다.

내가 아는 건 그저 사람이 착하면 전혀 좋은 결실을 거둘 수 없다는 것뿐이다.

사람은 악해야 한다, 이해타산적이고 점점 냉정해져야 한다.

극도로 무자비해야 한다!

네가 그를 편히 쉬게 놔두면 아무도 너를 돌봐주지 않을 것이기 때문이다. 그를 깨우면 그가 너의 미래를 짓밟을 거다.

오, 내가 그를 구하려고 하지만 않았던들, 그놈의 대위를!

터무니없는 견해를 가진 그 구닥다리 기사를.

예민하기 그지없어 어디서 죽은 아이들을 보기만 해도 속을 메스꺼워하던 그를…….

맞아, 그는 그의 시대에 맞지 않았다!

내가 이 사실을 조금만 일찍 알았더라도 오늘 내 팔이 멀쩡할 텐데! 자기 시대에 맞지 않는 사람은 잘라내지 말아야 하는 법이다. 까마귀들이 데리러 올 때까지 저 위 높은 곳, 스스로 선택한 교수대에 매달려 있어야 한다!

내 말 듣고 있어요, 대위님?

그 밑에서 내 말 듣고 있나요?

당신의 영웅의 묘에 실컷 누워 있으라고요. 하지만 난 쥐꼬리만

한 상이군인 연금으로 살아야 한다고요, 알겠어요? 당신 이름은 우리 민족의 전사자 명부에 청동 문자로 새겨져 있지만, 나는 앞으로 일어날 일을 지켜볼 수 있다고요. 뭐라고요?

조심해요, 이제 그리 오래지 않아 내가 당신을 영원히 증오하게 될 테니까!

왜냐하면 당신은 자기 조국을 위해 적국의 여자 몇 명을 쏴 죽이는 희생조차 치르지 못한 겁쟁이였으니까. 그래, 겁쟁이였어!

자기 민족을 혐오스러워한 사내라고!

이제 누가 나를 돌봐줄까?

나는 당신에게 내 미래를 줬지만 당신은 나를 홀로 남겨두고 그놈의 관 속에서 내가 배가 부른지 고픈지 눈곱만큼도 신경 쓰지 않지.

내 앞에 한낱 유령이라도 되어 나타나서 내가 이제 뭘 해야 할지 귀띔이라도 해줘! 하지만 당신은 유령으로 떠돌 생각이 없지. 당신은 아무 나쁜 짓도 안 한 것처럼 마음 편히 썩어가고 있겠지!

당신 미망인에게 약속하지만 않았어도 당신의 편지를 온 세상에 떠들어댈 텐데. 당신이 비겁하게 죽음을 택했다는 것을 모두 알아야 해. 당신이 탈영병, 악당, 파렴치한이라는 걸!

당신을 영웅의 묘에서 파내어 범죄자들이 밤 인사를 하는 가장 후미진 구석에 대충 묻어버려야 해.

나와 길에서 마주치는 모든 사람들에게 당신 편지 얘기를 할 거야. 당신이 어떤 인간이었는지 모두 알아야 해. 반드시!

하지만 잠깐, 잠깐만!

단정한 당신 미망인은 물론 모든 사실을 즉각 부인하겠지. 어떤 위증이라도 할 거야. 아마 편지도 이미 오래전에 불태워버렸을 거야. 그녀는 교활한 사람이니까. 그러면 나는 멍청한 개 신세가 될 테고 어쩌면 공공의 비방자로 낙인찍힐지도 모르지.

조심해, 조심하라고, 친애하는 친구!
절대 서두르지 말고 모든 걸 치밀하게 고려하라고!
너는 이제 다시 출발점에 서 있고 더는 대오 속에 있지 않아.
지금 네 곁에는 아무도 없어. 오른쪽에도 왼쪽에도.
너는 혼자야. 너밖에 없어.
그러니까 이번에는 좀 더 똑똑하게 처리하라고. 좀 더 똑똑하게!
연필을 손에 쥐고 너한테 남아 있는 게 뭔지 계산해봐.
너에겐 딱 한 사람만이 남아 있어.
네 아버지, 너의 사랑하는 아버지.
그는 네가 원하는지 아닌지 물어보지도 않고 너를 세상에 내놓았어. 그러니까 그는 너를 도와줘야 해. 아무리 힘이 들더라도.
넌 그를 좋아하지 않지만, 그건 상관없어.
그를 실컷 이용하라고!
그에게 상냥하게 굴어! 그가 어리석은 태도로 군수산업을 욕하면 넌 주둥이를 닥치고 있어.
알 게 뭐야, 어쩌면 그가 하는 말이 전혀 틀리지 않을지도 몰라!
군수산업가는 팔을 희생해도 주문이 끊기지는 않을 테니까.
그래도 계속 납품을 하지.

훌륭한 대포, 탄약 그리고 모든 대용품을.

상이군인 연금은 그자들에겐 문제도 아니야.

그러니까 네 아버지에게 반박하지 마. 그는 너를 만들어내기도 했잖아.

1917년에.

내가 가을에 이 세상의 빛을 보았으니까 틀림없이 카니발 때였을 거다.

네 아버지를 공경하라. 그래서 그를 쥐어짤 수 있게.

그에게 가서 무릎을 꿇고 그의 축복을 청해! 그는 틀림없이 너한테 돈을 줄 거야.

가, 그가 밥벌이하는 식당을 알고 있잖아!

가!

그래서 난 아버지에게 갔다. 저 밖 변두리까지. 가을 저녁은 넓은 광장 위로 부드럽게 내려앉아 있었고 좁은 골목에서부터 조용히 슬픈 밤이 다가왔다. 아름다운 은빛 별들이 전부 떨어져버린 것처럼 하늘에는 빛 한 점 없었다.

이제 다시 한번 오른쪽으로 돌고, 그런 다음 왼쪽으로 가서 가로질러 건너가야 한다. 저기 낙농 공장과 사진관 옆에서, 저기서 사랑하는 아버지를 만날 것이다.

나는 작은 음식점 앞에 서서 간판을 읽는다. '파리 시'.

'파리 시'에는 창문이 두 개밖에 없다. 커튼이 쳐져 있어서 틈새로 안을 들여다본다.

저 안의 공기는 활기 없고 우중충하다. 손님은 몇 명밖에 보이지 않지만, 담배는 그 두 배쯤 되는 사람들 몫을 피워댄다. 그리고 저기, 바로 그가 저기에 오고 있다!

나의 아버지가.

그가 맥주 두 잔을 가져와 어떤 테이블 위에 내려놓는다. 거기에는 운전기사 셋이 쪼그리고 앉아 주사위 놀이를 하고 있다.

아버지는 거의 변하지 않았다.

늙지도 않았고, 조금 덜 절뚝거리는 것처럼 보일 정도다. 총상이 나아지는 게 대체 가능한 건가?

아니면 시간이 지나면서 사람이 더 유연하게 보이는 것은 그저 습관의 힘일 뿐인가? 아니면 내 기억 속에 그가 더 심하게 저는 걸로 남아 있던 것뿐일까?

한 운전기사가 돈을 낸다. 아버지는 돈을 받고 비굴하게 머리를 조아린다. 그래그래, 그는 옛날 그대로다. 팁으로 먹고사는 노동자.

분명히 제법 짭짤하게 벌 거다.

팁은 쌓이는 법이니까.

아주 적은 액수라도.

벌써 궁전이라도 갖고 있을지 모른다.

히죽 웃음이 나왔다.

다시 신바람 나는 총각 생활을 영유하고 있죠, 안 그래요? 여자들과 카드 놀이와 더불어, 세계대전 전처럼 말이죠?

지나갔어, 지나갔다고요!

그건 옛날 일이에요. 적어도 300년 전 얘기라고요.

아버진 지금 대체 몇 살이시죠?

나는 주위를 둘러보고 '파리 시'로 들어갔다.

문 근처에 곧장 앉았다.

아버지는 나를 알아보지 못하고 내가 보통 손님인 줄 알고 내 쪽으로 왔다. 하지만 내 앞 세 걸음 앞에서 크게 움찔하더니 어리둥절하며 나를 응시한다.

나는 상냥하게 웃었다.

마침내 아버지의 말문이 다시 트였다.

"너냐?"

그가 길게 끌며 물었다.

"네, 저예요."

아버지는 여전히 꼼짝 않고 나를 쳐다보고 또 쳐다보기만 한다. 거의 탐색하듯이. 나는 일어서서 손을 내밀었다.

"안녕하세요, 아버지!"

아버지는 행여 부서질세라 천천히 내 손을 잡더니 점차 놀라움에서 회복되어갔다.

이윽고 그가 말했다.

"아직도 내 생각을 해주다니 기특하구나. 뭘 갖다줄까, 뭘 마실래?"

"아버지가 주시는 거요."

아버지가 기분 좋게 웃는다.

"그럼 아주 특별한 걸 갖다주마, 특제 음료를. 이따가 나한테 전부 얘기해줘야 한다, 하나부터 열까지."

아버지는 나에게 고개를 끄덕이고 나는 그가 바에서 말하는 소리를 듣는다.

"내 아들 줄 거요!"

"오!"

여자 목소리가 들리더니 뚱뚱하고 늙은 돼지 머리가 카운터 위로 몸을 내밀고 호기심 어린 눈으로 나를 빤히 쳐다본다.

아하, 아버지의 주인이자 고용주시군!

나는 그 여자에게 공손하게 고개를 끄덕였고 여자는 만족스럽게 지방 덩어리를 찡그렸다. 이제 아버지가 포도주 한 잔을 가지고 온다.

"난 못 앉는다. 근무 중이야."

아버지가 말했다.

"아버지의 건강을 위하여!"

내가 말했다.

나는 단숨에 잔을 비운다.

"하하!"

아버지가 웃는다.

"녀석 마시는 것 좀 보게!"

"잘하는 거예요!"

돼지 머리가 소리쳤다.

"프란츠! 아드님에게 포도주 한 잔 더 갖다줘요, 용감한 군인들은 항상 목이 마른 법이니까!"

프란츠는 나의 아버지다. 그는 나에게 특제 음료를 한 잔 더 가져와 내 쪽으로 몸을 숙이더니 속삭였다.

"네가 저 늙은 용의 마음을 단숨에 사로잡았구나. 저 여자 평소에는 엄청 구두쇠거든. 내가 하려는 말은 이거다. 네가 달리 내 아들이겠니!"

아버지는 자랑스럽게 좌중을 둘러보았고 갑자기 그의 눈이 내 옷깃에 고정되었다.

"뭐야? 우리가 벌써 별이 세 개인 거냐? 은별 세 개? 축하한다. 축하해."

"고맙습니다."

나는 그의 말에 끼어들었다.

"그치만 오래 달고 다닐 수는 없어요."

"오래 못 단다니!"

아버지는 머리를 한 방 맞은 것 같았다.

나는 아버지에게 나의 군대 생활의 미래, 그러니까 내가 아직 그런 걸 가지고 있었을 때의 미래에 대해 얘기했다. 그야 나는 한때 중대의 최고 명사수였고 과녁을 연속으로 명중시켰으니까. 하지만 곧 자원하여 그 짐승이 되어버린 하등 인간들을 상대로 한 청소 작업을…….

아버지가 급히 내 말을 끊었다.

"너도 거기 있었냐?"

"네, 물론이죠!"

"아하!"

'아하'라니 무슨 뜻일까? 아버지의 속내를 알 수 없어서 우리가 접수하려고 했던 작은 나라를 조심스럽게 언급한다.

"그건 벌써 우리 거다."

다시 한번 그가 내 말을 끊는다.

나는 아버지를 의심스럽게 쳐다보았다. 이 '우리'라는 말은 빈정대는 건가? 그야 아버지는 뭐든지 다 하고도 남을 사람이니까. 그 어떤 조소와 분해도.

나는 몰래 그를 관찰하면서 얘기를 계속한다. 비록 내가 개인적으로는 싫어하지만, 대단히 정확하게 위험천만한 임무를 수행한 용감한 공군들, 우리가 파괴한 외국 도시와 마을들, 손에 무기를 든 채 지겹도록 자주 우리와 마주쳤던 비열한 적국의 인간 쓰레기들, 그 범죄자들의 추한 언어, 그들의 더러운 집들과 비루먹은 개들에 대하여.

아버지가 주의를 기울이며 내 옆에 서 있는데 문득 그가 앉지 못한다는 사실이 내 비위에 거슬린다. 그래서 나는 점점 더 요약해서 말한다.

나는 우리 대위를 구하려고 했다가 심한 부상을 입었다는 얘기는 하지만 대위의 편지 얘기는 숨긴다. 그 편지는 아버지의 견해를 뒷받침해주거나 할 테니까. 물론 대위 미망인과 보낸 그날 밤에 대해서도 한마디도 하지 않는다. 나는 이런 점에서는 신사이고, 절대 이름을 언급하지 않고 대개 그저 맞장구만 치기 때문이다.

"흠."

내가 말을 끝냈을 때 아버지가 말했다.

"총에 맞아 부서진 팔은 물론 아무 쓸모가 없지. 불쌍한 녀석, 정말 운이 없구나! 하지만 당분간은 너무 걱정하지 말거라. 내일이든

모레든 퇴원하면, 언제라도 네 아빠 집에서 지낼 수 있다는 걸 알고 있으렴."

훌륭해! 나는 생각했다. 그리고 말했다.

"그러면 정말 고맙겠네요."

"전혀 고마워할 일이 아니다."

아버지가 다시 내 말에 끼어들었다.

"그건 당연한 거야! 근데 그리 편안하진 않을 거다. 난 지금 다른 방에서 살거든."

"다른 방이요?"

"그래, 약간 더 작단다. 사실 옛날 방보다 상당히 작아. 우리가 그 나라를 정복하긴 했지만 일반적인 경제 사정은 그다지 장밋빛이 아니거든."

우리라고? 아버지가 그 나라를 정복했나요?

이 양반이 무슨 얘기를 하는 거지?

"하지만 이 모든 불쾌한 조류나 정체, 어려움은 분명히 그저 일시적인 현상에 그칠 거야. 우리는 승리의 열매를 거둘 거다. 그 점을 믿거라!"

이런 맙소사, 이 양반이 진심으로 하는 말일까 아닐까!

점차 나의 참을성이 바닥이 난다.

"아버지가 그렇게 말씀하시다니 놀랍네요."

내가 말했다.

"왜, 어째서?"

"전에는 항상 모든 승리가 결국 패배이고 승리건 패배건 상관없이 한 세력만 이득을 본다고 주장하셨잖아요. 오로지 한 세력, 그러니까 군수산업 말이에요."

"헛소리!"

아버지가 퉁명스럽게 내 말을 잘랐다.

"우리에게 그건 더는 문제가 되지 않는다. 다행히도 그 점은 이미 극복했어! 1월 1일부터 우리 군수산업은 국가의 통제하에 있고, 어떤 의미에서는 사실상 이미 국유화되기까지 했으니 요즘은 상황이 정반대로 바뀌었단 말이다! 오늘날에는 대중이 모든 승리의 득을 보지, 우리 모두, 나, 너, 전 국민이. 왜 그렇게 날 멍하게 빤히 쳐다보는 거냐?"

내가 아버지를 바보처럼 빤히 쳐다본 건 문득 이런 생각이 났기 때문이다. 어째서 아버지와 저라는 거죠? 저는 팔을 내주었고 아버지는 방을 줄여야만 했는데…….

아니, 더 생각하지 않으련다!

생각은 고통스럽다.

하지만 그래 봤자 아무 소용이 없고, 어떤 의문이 생기더니 내 테이블에 앉는다. 아버지가 난폭하게 흐르는 강물처럼 마구 떠들어대는 동안 의문은 내게서 눈을 떼지 않는다.

"진정하기나 해라, 곧 괜찮아질 거다. 누구에게나 걱정은 있는 법이야. 부자건 가난하건 상관없이."

그렇게 강은 콸콸거리며 내 곁을 지나가고, 의문은 애매하게 웃는다. 녀석은 빈정대는 학교 선생처럼 몸을 뒤로 기댄다.

"자 이봐, 대답해봐! 대체 대중이란 게 무슨 뜻이지?"

한순간 내 머릿속이 깜깜해지고 멀리서 아버지의 목소리가 들려온다.

"네가 아무것도 배우지 않았다는 게 맞는 말이긴 하다. 제대로 된 민간 직업 교육 말이다. 물론 그건 곤란한 일이지. 넌 지금 견습생을 하기에는 나이가 너무 많고, 직업 교육을 받지 않은 노동자로 일자리를 찾을 수도 없으니까. 그러기엔 네 팔 힘이 완전하지 않으니 말이다. 하지만 다른 몇십만 명의 사람들이 똑같은 처지에 있어. 너만 그런 게 아니란다. 그 점을 명심해! 유감스럽게도 너는 전쟁둥이고 전쟁둥이들은 전부 제대로 된 교육을 받지 못했지, 항상 모든 걸 놓쳐버렸어. 너무 시기가 일렀거나 아니면 너무 늦었지. 아니 잠깐, 잠깐만! 지금 막 나한테 무슨 생각이 떠올랐는데 그게 미로에서 탈출하는 길이 될지도 모르겠다. 들어봐, 네 아빠는 아주 멍청하진 않아! 내 생각은 말이다, 네가 작은 후원처를 가져야 한다는 거다."

"후원처요?"

"그래, 혹시 하느님이 너를 도와주실 수도 있고, 너에게도 너를 후원해줄 수 있는 사람이 있을 수도 있지. 누구 개인적으로 아는 사람 없냐?"

"없어요."

"장교나 뭐 비슷한 사람도?"

"네. 그러니까 제 말은 누굴 알긴 하는데 장교는 아니고 여자예요. 우리 대위님의 미망인이요."

"네가 그 여자를 알아?"

"네, 그분께 무슨 일을 해드렸거든요."

"훌륭하다! 그 여자가 널 도와줄 거야, 너를 도와줘야 해! 이것 봐라, 얘야. 인생의 모든 것은 여자들을 통해서만 성취할 수 있단다."

그래서 내가 다시 대위의 미망인을 찾아가게 된 거다. 그녀는 문을 열고 나를 보자 매우 놀랐지만, 내가 온 이유를 듣고 금방 안심했다. 그리고 나를 후원하겠노라고 약속했다. 자기가 정부 어느 부처 부국장의 형을 안다고, 어쩌면 그 사람이 내게 국가기관의 사무 보조원 자리를 주선할 수 있을지도 모르겠다고 했다. 그 여자가 나에게 이런 약속을 하는 동안 나는 몰래 그녀를 관찰했고 어떻게 그때 그녀가 내 마음에 들 수 있었는지 너무나 의아했다.

내 기억 속의 그녀는 20년은 더 젊었기 때문이다.

아니면 나한테 그렇게 보였던 것뿐일까?

생각하는 동물

 이제 나는 아버지에게 얹혀산다. 아버지는 정오쯤 나가서 자정이 지나서야 돌아온다. 그의 방은 정말이지 빈약하다.
 옷장 하나, 테이블 하나, 침대 하나, 의자 두 개 그리고 기울어진 소파 하나. 이게 전부다. 게다가 소파는 나한테 너무 짧다.
 그 대신 내겐 한나절 동안 음악이 있다.
 옆방에 삑삑거리는 축음기를 가진 실직한 여점원이 살기 때문이다. 그 여자는 판이 세 개밖에 없는데, 모두 춤곡이다. 그래서 항상 똑같은 음악을 틀어놓지만, 나는 아무렇지도 않다. 유쾌한 것은 언제나 듣기 좋으니까.
 나는 세계의 가장 높은 곳에 있는, 달라이 라마의 신비로운 왕국 티베트에 관한 책을 읽고 있다. 이 책은 아버지가 단골손님한테서 얻은 것이다. 그 단골손님은 푼돈을 횡령했다가 직장에서 쫓겨나는 바람에 갑자기 음식값을 낼 수 없게 되었는데, 이 책값이면 간단한 메뉴는 먹을 수 있었다. 과일 조림은 빼고지만.

옆방 점원 여자는 예쁘지 않다.

그러니까 일자리를 얻기 힘들 거다.

굶어 죽지 않으려면 그녀는 아마 자기 자신을 팔아야 할 것이다.

물론 많이는 못 받겠지만.

사실 그 여자는 너무 말라비틀어졌다. 적어도 내 취향에는 그렇다. 나는 건강한 것만 좋아하니까.

신문에는 더는 실업자가 없다고 씌어 있지만, 그건 전부 거짓말이다. 신문은 보조금을 받는 실업자만 보도하기 때문이다. 하지만 얼마 지나지 않아 더는 보조금을 받지 못하기 때문에 그때부터는 실업자로 신문에 실릴 수가 없다. 그런 사람은 굶어 죽지 않으려고 스스로 목숨을 끊더라도 신문에 실릴 수 없다. 그런 일을 보도하는 것은 엄격히 금지되어 있기 때문이다. 단지 누가 뭘 훔쳤을 때만 신문에, 그것도 법률생활 면에 실릴 수 있다.

정의는 없다. 이제 나는 그 정도는 안다.

이 점은 우리 지도자들도 결코 바꿀 수 없다. 비록 그들이 외교 정책 분야에서는 여전히 아주 천재적으로 일을 처리한다고 하더라도 말이다. 인간은 동물에 불과하고 지도자들 역시 아무리 특별한 재능을 가졌다 하더라도 동물에 지나지 않는다.

나는 왜 재능이 없을까?

나는 왜 지도자가 아닐까?

대체 누가 한 사람의 운명을 결정하는가? 누가 어떤 사람에게 너는 지도자가 될 거라고 말하는가. 또 다른 사람에게 너는 하등 인간이 될 거야, 세 번째 사람에게 너는 말라비틀어진 실직한 여점원이 될 거야, 네 번째 사람에게 너는 웨이터가 될 거야, 다섯 번째 사람에게 너는 돼지 머리가 될 거야, 여섯 번째 사람에게 너는 대위의 미망인이 될 거야, 일곱 번째 사람에게 네 팔을 나에게 내어달라고 말하는가.

여기서 명령할 권한이 있는 자는 누구인가?

너무나 비열하게 분배하는 걸 보면 사랑하는 신이 그럴 리는 없다.

내가 만약 신이라면 모든 사람을 똑같이 만들 거다.

모든 이를 똑같이, 똑같은 권리, 똑같은 의무! 하지만 그러면 세상은 돼지우리가 될 거다.

병원의 뚱뚱한 간호사는 항상 말했다. 하느님이 개개인에게 뭔가를 계획하고 있다고.

지금 나는 그녀에게 한 번도 이렇게 대꾸하지 않아서 슬플 따름이다. 그럼 나는요? 그는 대체 나한테는 어떤 계획을 하고 있습니까, 당신이 사랑하는 하느님께서 말입니다.

대체 내가 뭘 잘못했기에 그는 자꾸만 내 미래를 앗아가버리는 걸까?

대체 나한테 뭘 원하는 거지?

대체 내가 그에게 무슨 짓을 했냐고!

아무 짓도, 결단코 아무 짓도 안 했어!

나는 그를 항상 조용히 내버려뒀어.

축음기가 돌아가고 있고, 나는 티베트에 관한 책에서 소금기가 있는 호수 차르구트 취에 대해 읽고 있지만 생각은 저 멀리에 가 있다.

내게 달리 아무것도 남지 않은 이후로 나는 더는 생각하는 것을 겁내지 않는다. 그리고 설령 내 생각들이 사막을 발견한다 할지라도 이 생각들은 나를 기쁘게 한다.

생각을 통해 나 자신에게로 더 많이 돌아오기 때문에 나는 더는 혼자가 아니다. 하지만 대개는 쓸데없는 것만 발견한다.

군복은 아직 입어도 된다. 어차피 다른 양복도 없고 병영에서 보낸 해가 나의 황금기였으니까.

어쩌면 그 거지에게 5탈러를 줬어야 했을지도 모른다. 그랬다면 지금쯤 혹시 내 팔이 다시 완쾌되었을 수도 있다. 아니, 그건 너무 어리석은 생각이다!

없어져!

아버지는 우리가 승리했다고 말했다. 그래, 우리라고 말했다. 마치 그가 참전했던 것처럼. 그런데 예전에 아버지는 자기가 참전했다는 이유로 전쟁을 저주했다. 그의 세계대전을. 하지만 나의 전쟁은 그를 열광의 도가니로 몰아넣는다.

그래, 아버지는 거짓말쟁이고 계속 그럴 것이다.

하지만 이 방을 생각하면 나는 아버지에게 화가 나지 않는다.

가난한 사람은 거짓말을 좀 해도 된다. 그건 그자의 권리다. 어쩌면 그의 유일한 권리일지도 모른다.

나는 창가로 가서 밖을 내다본다.

저 아래 거리에 아이 둘이 걸어가고 있다.

보폭이 작고 뻣뻣한 걸음걸이로. 너도 한때 저렇게 걸었지.

자전거를 탄 사람 하나가 지나간다.

그리고 나서 늙은 여자와 배낭을 맨 남자가 온다.

시가를 문 신사와 트럭 한 대.

이들 모두가 네 민족의 일원이다.

자 봐, 네 조국을, 이게 너의 전부야.

이게 너의 전부라야 해.

너는 조국을 보호했어, 이제 너는 불구야.

나는 멈칫한다.

"보호했다고?"

대체 누가 위협을 했는데?

그 작은 나라가?

웃기는군!

자전거를 탄 사람이 트럭을 보았고, 비틀거리기 시작하더니 조심하기 위해 자전거에서 내렸다. 골목이 좁기 때문이다.

내 조국도 비틀거리기 시작했다.

트럭들은 점점 더 커지고 있다.

군수산업이 국유화됐다고 아버지는 말한다.

그러니까 국가가 돈을 버는 거다.

그리고 국가는 국민이다.

그런데 왜 나는 한 푼도 못 버는 건가?

나는 국민의 한 사람이 아닌가?

나는 오로지 잃기만 했을 뿐이다.

두고 봐라, 곧 웃을 일이 하나도 없을 거다!

생각을 하면 빛이 얼마나 차가워지는지.

내 심장은 얼어붙기 시작한다.

신문에서는 눈이 올 거라고 한다.

올해는 겨울이 빨리 온다.

우리는 벌써 난방을 한다. 그러니까 아버지와 나 말이다.

아버지는 아무리 해도 충분히 따뜻하지 않다고 하고 나는 창문을 열어놓지 않으면 잠을 잘 못 잔다. 그래서 자주 말다툼이 일어난다.

나는 벌써 몇 주 전부터 아버지에게 얹혀살고, 내가 끝내 사라져 주면 아버지가 안도의 한숨을 쉴 거라는 느낌이 분명히 든다. 그러나 아버지는 그런 말은 전혀 하지 않고 이따금 악의 있는 말을 쏟아댈 뿐이다. 특히 내가 자기 면도칼로 면도를 할 때면.

대체 나한테 뭐가 남아 있단 말이냐? 난 면도칼도 없단 말이다!

그냥 수염이 텁수룩해지게 놔둬야 할까?

아니, 절대 안 돼! 죽어도 안 된다!

나도 매끈하게 면도하면서 살고 싶다, 아주 매끈하게.

차라리 담배를 끊고 말지!

더는 밖을 내다보지 않고 소파에 눕는다. 하지만 티베트에 관한 책은 테이블 위에 놔두었다.

지도 위 하얀 점의 탐구, 아니 오늘은 다른 분야에 관심이 간다!

마침내 우체부가 내게 짤막한 편지 한 통만 갖다준다면 기꺼이 모든 탐험을 포기할 텐데.

단 몇 줄이면 된다.

'다음 목요일 10시에서 11시 사이에 사무 보조원 채용 건을 위해 병무 서류와 주민증을 지참하고 오시기 바랍니다.'

알아볼 수 없는 서명.

그리고 그 알아볼 수 없는 서명이 내 서류들을 검토하고 나서 말할 것이다.

"최고의 후원자를 갖고 계시다니 행운아시군요! 이로써 선생은 연금 권리를 갖는, 국가에서 채용한 사무 보조원이 되었습니다. 축하합니다!"

업무는 아주 쉬울 것이다.

날마다 세 번 우체국에 가서 편지를 가져와 배달하는 일. 사실상 그게 전부다.

이제 나는 더는 아버지한테 얹혀살지 않고 관청 건물 안에 바로 내 독방이 있다. 방은 크고 환하며, 둘레를 담쟁이덩굴이 휘감은 늙은 나무들이 서 있는 우아한 공원을 향하고 있다.

군복은 옷장에 걸려 있고, 나는 푸른 양복을 할부로 구입했다. 그 정도 돈은 이제 쉽게 쓸 수 있으니까. 더는 예전 같지 않다.

축음기는 여전히 돌아가고 있다.

넌 언제 자신을 팔 거냐, 친애하는 이웃집 여인?

나한테서는 얻을 게 아무것도 없어.

지금 여기 뚱뚱한 간호사가 없어서 슬프다. 그녀에게 많은 얘기를 해줄 수 있을 텐데!

"왜 당신은 병든 사람들을 간호하지?"

나는 그녀에게 물을 것이다.

"건강한 사람들도 넘쳐나는데, 그들이 자기를 팔지 않도록 차라리 그들을 위해 기도하고 병자들은 아프게 놔두시지!"

간호사가 뭐라고 대답할까? 난 벌써 알고 있다.

그녀는 이렇게 말할 거다.

"네 원수를 사랑하라, 하지만 잘못은 미워하라."

뭐가 잘못이지?

나는 이걸 싫어한다, 잘못이란 단어 말이다!

잘못이 뭔지 잘 모르는 데다 그럴 때면 매번 다시 그가, 대위가 내 앞에 서 있기 때문이다!

"대체 무슨 일인가?"

그가 나에게 묻는다.

"아무것도 아닙니다."

나는 돌아선다.

아니, 아니야, 계속 생각이나 하라고. 겁내지 마!

날씨가 아주 추워져서 넌 더는 아무것도 느낄 수 없어. 찌르는 것도, 때리는 것도.

어서, 어서 가! 대체 뭐가 널 흥분시키는 거지?

대체 뭐가 너를 가만 내버려두지 않는 거야?

나는 그것이 내게 다가오는 소리를 다시 듣는다.

나 자신에게 물어본다. 그가 옳았나, 자기 조국을 혐오스러워한 그가 옳았나? 그런가, 아닌가?

우리 시대의 아이 115

확실히 그는 파렴치한이었다. 그렇지만 그가 옳았던가?

파렴치한도 옳을 수 있나?

가령 그때 우리가 아군 항공기들이 적군의 야전병원에 폭탄을 투하하고 우왕좌왕하는 환자들에게 기관총 세례를 퍼붓는 것을 지켜보고 있었을 때, 그때 우리 대위는 갑자기 돌아서더니 우리 대열 뒤에서 천천히 왔다 갔다 했다.

그는 깊은 생각에 잠긴 것처럼 계속 땅을 내려다보았다.

단지 가끔씩만 걸음을 멈추고 고요한 숲을 바라보았다. 그러고는 마치 '그래그래'라고 말하려는 것처럼 고개를 끄덕였다.

혹은 예를 들어 우리가 그때 주택 단지에서 물건들을 몰수했을 때 대위는 우리 길을 가로막았다. 그는 완전히 하얗게 질려서, 정직한 군인은 약탈을 하지 않는다고 우리한테 호통쳤다. 우리 소위, 그 애송이가 약탈이 허가되었을 뿐만 아니라 상부에서 명령까지 받은 거라고 그에게 해명해야만 했다.

그러자 그는, 대위는 다시 우리에게서 비켜났다.

그는 도로를 따라갔고, 오른쪽도 왼쪽도 보지 않았으며, 도로 끝에서 멈춰 섰다.

나는 대위를 자세히 관찰했다.

그는 어떤 돌 위에 앉더니 군도로 모래에다 글을 썼다. 기이하게도 나는 갑자기 '마법의 성'과 선들을 그렸던 매표소 아가씨 생각이 났다.

그녀는 나를 보려고 하지 않았다.

그래 맞다, 마법의 성. 그게 아직 있었지!

이토록 오랫동안 그 생각을 못 했다니 우습다.

물론, 창문에는 격자 창살이 둘러져 있고 용과 악마들, 그들이 밖을 내다보고 있다.

하마터면 잊어버릴 뻔했다.

그런데 난 항상 거기 다시 가보고 싶었다.

대체 어땠더라?

맞다, 난 아이스크림을 두 개 사 먹었다.

달빛이 비추었고 공기는 포근했고 고양이들은 음악회를 열었다.

그런데 나는 아이스크림을 싫어하고 그녀는 어쩌면 앉아서만 미인일지도 모른다. 내가 그녀에 대해 아는 건 매표소 밖으로 드러난 모습뿐이니까.

어쩌면 다리가 휘었을지도 모른다.

아니, 아니, 그건 불가능해!

기억해보라고!

그녀는 선들을 그렸고 한순간 너에게 모든 게 아주 멀게 느껴졌지, 온 세상이. 그리고 너는 가을이 멈춰버렸다고 생각했어. 나뭇잎 한 장 흔들리지 않았고, 그저 마법의 성에서 옛날 음악만 나지막이 흘러나왔지.

너, 그녀에게 편지를 쓰려고 하지 않았어?

아, 그래그래.

'친애하는 아가씨께'라고 쓰려고 했지.

"어제는 목요일이었고 오늘은 벌써 금요일입니다. 제가 언제 돌아올지 아직 모릅니다. 하지만 당신은 언제나 저의 선으로 남아 있을 겁니다."
 웃음이 나온다.
 내일은 그곳에 가볼 것이다.

난쟁이 왕국

밤새 눈이 내렸고 지금은 모든 게 하얗다. 나는 나의 마법의 성으로 간다.

도시는 눈 때문에 고요해졌고 제 발걸음 소리조차 들리지 않는다.

그리고 그렇게 지나가면서 내가 비친다는 것을 다시금 알아차린다. 우아한 진열창들에.

이제 나는 햄을 통과한다.

이제 책들을 통과하고 그런 다음 진주, 분첩을 통과한다.

예전에 나는 모든 것을 짓밟고, 밟아 뭉개려고 했다. 얼마나 어리석었는지!

오늘 나는 햄을 먹고 책을 읽고 진주와 분첩은 누군가에게 선물하고 싶다.

그런데 누구에게?

아마 매표소의 아가씨에게. 어쩌면 그렇게 될지도 모른다.

두고 봐야지!

사실 넌 매우 외롭잖아.

두고 봐라, 두고 보라고!

나는 항구 쪽으로 내려간다.

널찍한 가로수 길이 점점 더 넓어지고 시끄러워진다.

그래, 여기는 항상 시끌벅적하다, 여름이건 겨울이건.

흑인과 황인 선원들, 그들은 나를 피해 간다. 내가 아직 군복을 입고 있어서다.

세 개의 은빛 별이 달린…….

내가 이제 아무것도 아니라는 것을 이 이방인들이 안다면!

좌우측으로 구경거리가 시작된다. 크고 작은 원숭이들, 녀석들은 다 함께 추위에 떨고 있다. 사격장들과 오락 기계들, 발이 다섯 개인 양과 머리가 둘 달린 송아지, 바다 위로 얼음처럼 차가운 공기가 불어오는데도 한 군데도 문을 닫지 않았다.

전부 아직 그대로 있다.

롤러코스터에서는 사람들이 꽥꽥 소리를 질러대고 승마장에서는 여자 둘이, 키가 큰 여자와 작은 여자가 나온다. 그들은 말을 탔고 여전히 치마를 매만지고 있다. 그래, 둘 다 내 마음에 들 수 있겠지만, 그들에겐 이미 기사가 있다.

쪼그마한 땅꼬마, 야비한 쥐새끼다.

하나도 변하지 않았다.

그저 그사이 눈만 내렸을 뿐, 모든 게 옛날 그대로다.

저 쥐새끼도 내 민족의 일원이고 저 쓰레기를 위해서도 나는 팔을 내놓았다.

히죽 웃음이 나온다. 왜냐하면 내가 뭔가 할 말이 있다면 내 팔로 저 쥐새끼의 골통을 갈길 거라는 것을 이제 알았기 때문이다. 녀석이 뒈질 때까지.

나의 마법의 성은 맨 끝까지 가야 있기 때문에 나는 곧바로 노점들을 따라 걸어간다.

오른쪽에 사자 머리를 한 남자가 있고 왼쪽에는 수염 난 여자가 있다.

그리고 저기, 그래, 저기 그가 아직도 서 있다, 그때 그 아이스크림 장수가! 아이스크림을 싫어하는데도 전에 저기서 아이스크림을 두 개나 사 먹었지.

그러나 이제 겨울이 되었고 그는 아이스크림이 아니라 구운 아몬드를 팔고 있다.

구운 아몬드를 굉장히 좋아하긴 하지만 사 먹진 않을 것이다. 그래, 오늘은 곧장 그녀에게로 갈 거다!

정신 차리고 있으라고, 지금 내가 가니까!

그런데, 대체 이게 뭐지?!

나는 멈칫한다.

걸음을 멈춘다.

마치 내 앞에 갑자기 벽이 하나 생긴 것처럼.

무슨 일이지?!

우리 시대의 아이

이게 뭐냐고?!

나의 마법의 성, 그게 더는 그 자리에 없다!

사라져버렸다. 없어졌다, 완전히 없어졌다!

대체 어디로 가버린 걸까?!

여기에는 이제 전혀 다른 게 서 있다. 자동차 홀인지, 뭐 그 비슷한 것이.

그러면 나의 선. 나의 아름다운 선은?

매표소에는 다른 아가씨가 앉아 있다.

나는 여전히 그쪽을 쳐다본다.

그리고 한순간 내가 한 번도 소유하지 못했던 뭔가를 잃어버린 것처럼 마음이 몹시 아렸다. 눈은 점점 더 소리 없이 내리고 내 영혼 속으로 어떤 그리움이 지나간다.

그래, 때는 어느 봄이었고, 나는 떠나야만 했다.

조국이 불렀고 조국은 당연히 자기 아이들의 사생활은 배려하지 않았다.

'당연히'라고?

차갑고 축축한 바람이 불어오고 고양이들은 더는 음악회를 열지 않으며 나는 내 망가진 팔을 느낀다. 이 팔은 다시는 완쾌되지 않을 것이다.

내 아가씨는 어디 있었지?

나는 계속해서 걷다가 비틀거렸다.

뭐에 걸렸나?

아무것에도 걸리지 않았다. 아무것도 없다.

하지만 내가 비틀거렸기 때문에 이제 다른 아가씨가 웃는다. 내가 그런 걸 본 것이다. 그녀는 계속 웃으며 나를 바라본다.

실컷 쳐다보시지, 그래 봤자 넌 내 마음에 들지 않아!

나는 가버리려고 했지만 멀리 가지 못했다. 고작 길만 건넜을 뿐이다. 길 건너에는 그 아이스크림 장수가 있고 나는 구운 아몬드를 사 먹는다.

맛이 아주 좋다.

자동차 홀 쪽을 보니 사람들이 작은 자동차를 타고 돌아다니고 있다. 줄곧 빙빙 돈다. 한 사람씩 혼자서. 아이스크림 장수에게 물어본다.

"예전에는 여기에 마법의 성이 있었죠, 아닙니까?"

"맞아요. 옛날에 그랬지요."

그가 말했다.

"그런데 지금은 왜 없어진 겁니까?"

"수지가 안 맞았거든요."

아, 그렇구나.

"너무 구식이었어요."

아이스크림 장수의 말소리가 들려온다.

"더는 우리 시대에 맞지 않았어요."

나는 귀를 기울인다.

이자가 뭐라고 했지? 시대에 안 맞는다고?

어디선가 그 말을 들은 적이 있는데.

맞아, 대위다! 그가 편지에 그렇게 썼다!

그 편지에서 나는 처음으로, 종이에 씌어진 그 말을 읽었다. 나는 더는 이 시대에 맞지 않아.

대체 그게 무슨 말이지?

왜 나의 마법의 성이 우리 시대에 더는 맞지 않는다는 거야? 그렇다면 이 자동차 홀은 잘 맞는다는 건가? 어느 누구나 똑같이 혼자서 이리저리 돌면서 자기 자가용을 타고 어디든 원하는 곳으로 갈 수 있다고 착각하게 만드는 이 멍청한 자동차 홀이.

그동안에도 그들은 내내 빙빙 돌고 있다.

너무 바보 같다!

그에 비하면 나의 용과 악마들은 전혀 다른 존재들이었다!

그 해골마저도. 난 아직도 자세히 기억한다.

그리고 거듭해서 발을 헛디딜 때마다 공포를 알게 해줬던 그 전체적인 암흑도……. 물론 그것도 어리석은 짓에 불과했지만 분명히 내 마음에 더 들었다. 더 멋진 어리석음이었다.

아니면, 나도 더는 시대에 맞지 않는 건가?

헛소리!

나는 여기 있고 어디로도 나갈 수 없으며 누구도 내 일에 참견할 수 없다! 당연히 나는 내 시대에 맞으며 오로지 저 볼품없는 자동차들에만 어울리지 않을 뿐이다!

나는 내내 빙빙 돌고 싶지 않다. 나는 멍청하지 않다고!

고민은 충분히 했다, 이제 그만!

구운 아몬드를 철썩 소리나게 땅바닥에 내동댕이치고 길을 건너간다. 똑바로. 자동차 홀을 향해.

"입장권 한 장 드려요?"

매표소의 아가씨가 물었다.

"아뇨. 그저 한 가지 문의할 게 있습니다."

내가 말했다.

"뭔데요?"

"전에는 여기 딴 게 있었죠."

"그래요."

그녀가 내 말에 끼어들었다.

"마법의 성이었죠, 손님."

"맞습니다. 그때 여기 매표소에 다른 아가씨가 앉아 있었는데, 생김새를 어떻게 말씀드려야 할지……."

"누군지 알아요."

그녀가 다시 내 말을 끊었다.

"그치만 그 아가씨는 이제 더는 우리 회사에서 일하지 않아요."

"그러면요?"

"그 점에 대해선 죄송하지만 손님께 아무 말씀도 드릴 수가 없네요, 저도 모르거든요. 하지만 사무실에 한번 가보세요. 저기 하얀 벽과 검은 문이 보이시죠. 거기 사람들이라면 아마 그 아가씨가 지금 어디에 있는지 알 거예요."

나는 고맙다는 말을 하고 하얀 벽 쪽으로 갔다.

문에는 '노크하지 마시오!'라고 씌어 있다.

그래서 노크하지 않고 그냥 들어갔더니 새된 목소리가 내게 소리친다.

"노크도 못 합니까?"

거칠게 대꾸하려던 찰나 내 앞에 누가 서 있는지 보였다.

난쟁이, 소인이다.

그자는 잔뜩 찡그린 심술궂은 얼굴을 하고 있다. 놀랄 일도 아니다. 이렇게 작으니까 항상 화부터 내는 거다.

이 소인은 막 왔다 갔다 했던 것처럼 보인다. 그리고 내가 들어가자 멈춰 섰다. 이제야 또 다른 사람이 있는 게 눈에 들어온다. 그 남자는 책상 앞에 서서 두꺼운 책에 뭔가를 쓰고 있다. 회계사나 뭐 그런 건가 보다. 그는 안경 너머로 나를 관찰했다.

난쟁이는 회계사에게 고압적으로 손짓하더니 도전적으로 내게 등을 돌리고 잘난 척하면서 문서를 넘겼다.

"무슨 일이죠?"

회계사가 물었다.

나는 그 아가씨의 안부만 물었을 뿐, 그 이상 말하지 못했다. 갑자기 난쟁이가 돌아서더니 이렇게 말했던 것이다.

"아."

그는 그 말을 길게 끌었고 나를 뚫어지게 보았다. 그러더니 히죽거린다. 회계사도 따라서 히죽거린다.

대체 이 두 사람이 왜 이러는 거지.

무슨 일이지?

난쟁이는 나를 계속 훑어보더니 빈정대며 말했다.

"그러니까 당신이 그 사람이군."

어떤 사람? 왜 이러지?

"전쟁에 나가야만 했소?"

난쟁이가 질문을 계속했다.

"네, 그러니까 의용병으로 참전했습니다."

난쟁이는 그 말은 안 해도 된다고, 그건 우리도 이미 알고 있다고, 우리끼리 있는데 뭐 어떠냐고 말하려는 것처럼 손짓으로 내 말을 중단시켰다.

그는 다시 나를 위에서부터 아래로 훑어보더니 회계사에게 말했다.

"그 사람이야."

회계사가 젊은 처녀처럼 킥킥거린다.

내 인내심이 바닥이 났다.

"내가 누구라고요?"

나는 거의 협박 조로 물었다.

"군인이시지요, 선생."

난쟁이가 조롱 섞인 공손함을 보이며 대답했다.

"그리고 선생이 안부를 묻는 그 아가씨는 어떤 군인 양반에게 반했소. 보아하니 첫눈에 말이오. 그녀는 그를 거의 알지도 못했다고 합디다. 아마 그냥 얼굴만 보고 그랬을 거요. 그러더니 어느 날부턴가 그 군인 양반이 다신 나타나지 않았다오."

나는 난쟁이를 응시하였다.

"그 여자가 편지를 썼습니까?"

"쉬지 않고요. 하지만 그는 답장을 하지 않았소. 단 한 줄도 말이오, 선생."

회계사는 여전히 킥킥거리고 있다. 이젠 고소해한다. 굉장히 고소해한다.

"전쟁 중에는 편지들이 흔히 분실되는 법이지."

난쟁이가 말하고 짧게 웃는다.

난 머릿속이 온통 혼란스러워진다.

그녀가 나한테 편지를 썼다고?

첫눈에 반했다고?

도대체 그녀가 어떻게 내 이름을 알았단 말인가, 내가 누구고 뭐 그런 것을.

아마 그냥 얼굴만 보고 그랬을 거라고?

말도 안 돼! 말도 안 된다.

그래서 나는 말했다.

"어르신들, 뭔가 혼동하신 것 같습니다."

"그럴 리 없소!"

난쟁이가 내 말에 끼어들었다.

"하지만 그건 불가능합니다."

"모든 게 가능하지요!"

"아니, 나는 못 믿겠습니다. 그럴 리가 없어요!"

"잠깐만, 선생!"

난쟁이가 다시 내 말을 끊었다.

"여기는 안내소가 아니고 우리는 일을 해야 하오. 그러니 직접 확인해보시오. 여기 회계사님이 선생께 그 숙녀분의 주소를 드릴 거요."

난쟁이는 잠깐 고개를 까닥하더니 벽지를 바른 문으로 나갔다.

나는 그의 뒷모습을 지켜보았고 회계사는 어떤 색인 카드를 뒤졌다.

"저 작은 남자 분은 대체 누구입니까?"

내가 나도 모르게 물었다.

"우리 난쟁이예술단의 단장이오."

아하.

나는 주소를 찾을 때까지 기다린다.

그녀의 이름도.

그녀는 이름이 뭘까?

오일라리아?

히죽 웃음이 나온다.

아니, 그녀가 편지를 쓴 대상이 나라고는 도저히 믿을 수 없다. 그녀는 다른 군인에게 편지를 썼을 것이다. 하지만 단순한 혼동일 뿐이라도 이 일의 진상을 밝혀볼 작정이다.

지난봄에 벌써 나는 그녀에게 이미 남자가, 어느 노점의 왕쯤 되는 남자가 있을 거라고 확신했다.

줄을 타는 광대나 칼을 삼키는 자, 어릿광대쯤 될 거라고 생각했다. 하지만 군인일 거라는 생각은 들지 않았다.

오히려 난쟁이라면 모를까, 돈 냄새를 풍기는 자일 경우에.

하지만 말했듯이 이제 나는 이 일의 진상을 밝힐 것이다. 내가 착각한 게 아니라면 이건 당연히 꿈일 것이기 때문이다.

회계사는 여전히 카드를 넘기고 있고 나는 그의 사무실을 둘러본다.

벽에는 서커스 따위에 관한 포스터들이 걸려 있다. 이를테면 벵골 호랑이들과 같이 있는 여자 맹수 조련사.

줄타기 곡예와 마술사.

갈색 곰과 백곰.

세상에서 제일 뚱뚱한 여인.

아마 이 여자는 내 팔에는 어울리지 않을 거다.

"여기 있군."

갑자기 회계사의 목소리가 들렸다.

"이 빌어먹을 주소를 이제야 겨우 찾았소. 잠깐만, 내가 적어드리지."

"정말 고맙습니다."

"천만에요!"

회계사는 안경을 벗고 더 도수가 높은 안경을 썼고, 쪽지에 그 아가씨의 주소를 쓰면서 지나가는 말로 이렇게 말했다.

"참 참한 아가씨였소, 상냥하기도 하고. 그 아가씨 일은 정말 유감이오."

"왜요?"

회계사가 묘한 미소를 지었다.

"그 아가씨는 병이 나서 해고됐거든요."

"병이 나요?!"

"그렇소, 심했지."

그는 다시 킥킥거리고 나는 점점 불쾌해진다.

"대체 어디가 안 좋았습니까?"

"이런, 별것 아니었소."

그가 말했다.

이제 회계사는 내게 줄 쪽지를 다 썼고, 일어나서 안경을 벗고 내 쪽으로 돌아섰다.

그가 멈칫하더니 색깔이 엷은, 놀란 눈으로 나를 빤히 바라본다.

아니면 그냥 근시일 뿐인가?

아니, 그는 겁내고 있다.

왜지?

나는 그에게서 눈을 떼지 않는다.

회계사가 천천히 내게 쪽지를 내밀었다, 마치 나한테 쪽지를 주는 게 두려운 듯이 거의 주저하면서.

"여기 있소."

회계사가 말했다. 그런데 그의 목소리가 갑자기 다르게 들린다, 마치 무덤에서 나오는 것처럼 둔탁하게.

나는 쪽지를 받아 들고 첫 번째 단어를 읽었다.

안나—

군인의 신부 안나

하느님은 개개인에게 뭔가를 계획하고 계시다고 그 뚱뚱한 간호사는 말했고, 시간이 흐를수록 나는 점차 그녀가 옳았다고 믿는다.

왜냐하면 한 시간 전에 일어난 일에 대해 나는 잘못이 없고, 그렇게 되는 게 당연했기 때문이다.

어쩌다 그런 일이 생겼는지 지금 와서 곰곰이 생각해보니 아직도 몸에 열이 있는 것처럼 눈(目) 앞에 눈(雪)이 가물거린다.

밤에 천사가 서 있는데 손에는 내 팔을 들고 있다. 내가 명예를 잃어버린, 그것도 영원히 잃어버린 이 조국에 바친 내 불쌍한 뼈를.

그래, 대위가 옳았다!

이제 나도 내 조국이 혐오스럽다.

내가 천천히 텅 빈 광장을 가로질러 '파리 시'로 가고 있을 때 교회 탑의 시계가 자정을 알렸다.

안으로 들어서자 아버지는 눈에 띄게 안도했다.

"이놈아, 여태 어디 있었던 거냐?!"

아버지가 성급히 물었다.

"너한테 혹시 무슨 일이 생긴 줄 알고 얼마나 걱정했는지 모른다. 차에 치이는 사람들이 나날이 늘고 있잖니!"

나는 아버지를 안심시켰다. 우연히 친구를 만났는데 그 친구가 영화를 보여주고 나중에 맥주도 한잔 샀다고 말이다.

물론 그건 거짓말이었지만, 아버지는 내 말을 믿었다.

"밥도 먹었기를 바란다. 주방을 닫았거든."

아버지가 말했다.

"밥 생각 없어요."

그는 나를 살피듯이 쳐다보았다.

"너 어디 아픈 거 아니냐? 부상당한 데를 제발 조심하거라. 아직 정상이 아니니까. 열은 없니?"

"네."

"너무 무리하지만 말아라! 기다려봐, 뭐 좀 먹을 걸 찾을 수 있는지 살펴보마. 찬 거라도 말이다. 사람은 먹어야 한다, 안 그러면 뒈져!"

아버지는 카운터 뒤로 사라졌고 나는 외투를 벗고 항상 앉던 문 바로 옆자리에 앉았다.

가게 안에는 손님이 조금밖에 없었다. 가까운 정류소의 운전기사들뿐. 그들은 평소처럼 주사위 놀이를 하고 있었다.

여기서 넌 벌써 여러 주 동안 밥을 먹었지, 하고 나는 생각했다.

점심과 저녁, 비록 할인 가격이긴 했지만 네 아버지의 부담으로.

아버지는 정직한 거짓말쟁이다.

만약 내가 아버지에게 무슨 해를 끼친다면 그건 정말 못돼먹은 짓일 것이다.

아마 더는 아버지가 부담하는 밥을 먹을 수 없을 것이다. 오늘 밤이 마지막일 거다.

어쩌면 그들, 경찰이 당장 내일 아침이라도 와서 나를 잡아갈지도 모른다.

헛소리!

대체 어떻게 경찰이 그걸 알겠는가?

대체 누가 그걸 봤지?

아무도 보지 않았다.

그렇지만 형사들은 영리하고, 나도 그 점은 잘 기억하고 있다. 그들은 모든 도구와 수단을 동원할 수 있고, 아무리 황당무계한 일도 언젠가는 모조리 밝혀내고야 만다. 그리고 혹시 누가 봤을 수도 있다, 전혀 생각지도 못했던 누군가가. 누가 나를 자세히 관찰했을 수도 있다. 군복은 항상 눈에 띄는 법이고, 별이 세 개 달렸으면, 은별이 세 개씩이나 달렸으면 특히 더 그렇다.

아버지가 내게 치즈와 빵을 가져온다. 그리고 특제 음료인 포도주 한 잔도.

나는 놀라서 아버지를 바라본다.

"포도주네요?"

"특별히다!"

그가 웃는다.

"우선 네가 차에 치이지 않은 게 기뻐서이고, 또 네 마음을 좀 달래라고 가져왔어. 놀라지 마라! 오늘 저녁에 너한테 편지가 왔다. 우리 집 주인 여자가 아주 친절하게도 나한테 일부러 갖다 줬단다. 내 주변에 나한테 편지 쓸 사람이 아무도 없기 때문에 뭔가 중요한 게 틀림없다고 제대로 넘겨짚었던 게지. 그런데 이건 정말 중요한 편지지만, 유감스럽게도 좀 슬픈 것이기도 하다."

"얼른 말씀하세요!"

"자자자, 그렇게 조급하게 굴지 마라! 벌써 말하고 있잖니! 그러니까, 이 편지는 너희 대위의 미망인에게서 온 거야. 그 여자가 쓴 거야. 그러지 말고 직접 읽어봐라! 사무 보조원 자리는 물 건너갔다. 더는 어쩔 도리가 없어, 수가 없다고."

나는 편지를 읽고 옆으로 치워버렸다.

"됐어요."

그리고 치즈를 먹기 시작했다.

아버지는 어리둥절해서 나를 빤히 본다.

"됐다고 그랬냐? 그건 우리에게 마지막 지푸라기였어, 이건 재앙이라고."

"더 고약한 재앙도 있어요."

"거의 없다, 얘야, 없고말고! 대체 이제 어떡할 거냐? 언제까지나 여기 이 조막만 한 테이블에서 끼니를 때울 수는 없다. 나야 개인적으로 그거에 아무 불만이 없어. 기꺼이 돈을 내지. 하지만 언젠가 이것도 끝이 날 거야! 잊지 말아라, 난 늙은이고 언제라도 저승사자가 와서 데려갈 수 있어. 그렇지만 너, 넌 아직 젊잖니. 넌 뭔가 시작해야 해!"

"프란츠!"

한 운전기사가 불렀다.

"계산이요!"

아버지가 갔다.

나는 잠자코 치즈를 먹으며 생각했다. 그래, 넌 뭔가 시작해야 해. 사무 보조원은 물 건너 갔다. 그건 벌써 우스꽝스럽게 여겨진다. 바로 관청 건물 안에 있고, 늙은 나무들 둘레를 담쟁이덩굴이 휘감고 있는 우아한 공원이 내다보이는 내 방에서 살다니, 얼마나 웃기는가!

나는 푸른 양복을 할부로 구입하고 날마다 세 번씩 우체국에 가야 한다. 아니, 아니야, 난 사무 보조원을 할 능력을 타고나지 않았어!

난 뭔가 다른 것이 되었다.

지금, 또 앞으로 가장 중요한 점은 바로 그 일이 발각되지 않는 것이다.

그렇게만 되면 정말 전부 괜찮을 텐데.

왜냐하면 내가 한 짓은 옳았기 때문이다. 그래 옳았다!

그 회계사에게 "그런데 그녀가, 안나 양이 지금은 뭘 합니까?"라고 물었을 때 그가 얼마나 혐오스러웠는지 난 아직 생생하게 기억하고 있다.

그는 어깨만 으쓱했다.

"그거야 신들이나 알겠지요!"

다들 신들을 핑계대지만, 정작 사랑하는 신 생각은 아무도 하지 않는다.

네 시간 전만 해도 나는 이렇게 생각했다. 그녀가 편지를 쓴 대상이 너일 리는 없어. 대체 그녀가 내가 누구인지 어디서 알아낼 수 있었겠는가? 내 이름을 알아내려면 그때 나를 몰래 뒤따라와서 병영 초소에 물었어야 했을 것이다. 그러나 그건 불가능하다!

오늘 저녁에 회계사와 헤어졌을 때 나는 이런 생각만 했다. 이제 적어도 그녀가 어디 사는지 아는구나.

그녀는 꽤 멀리 산다.

걸어서 가면 족히 한 시간 반 거리지만, 그러면 넌 전차값을 아낄 수 있어. 벌써 어둑어둑해지긴 하지만 밤이 오려면 아직 멀었다.

나는 재빨리 노점들을 따라 걸었다.

세상에는 몇백만 명의 안나가 있고, 전부 다 다르지. 그 누구도 네가 찾는 그녀가 아니야. 금발 또는 갈색 머리 또는 검은 머리, 빨간 머리의 안나도 있을 수 있지. 뚱뚱하고 마른, 크고 작은, 늙고 젊은 안나들이.

넌 지금까지 대체 몇 명의 안나들을 가져봤지?

내가 착각하는 게 아니라면 두 명뿐이었던 것 같아.

몇몇 여자는 이름이 뭐였는지도 몰라. 그 여자들은 그날 밤에만 알았던 거니까.

지금 네 과거의 두 안나는 어떻게 지내고 있을까?

날 내버려둬!

그들이 아직 살아 있든 아니든 난 상관없어. 지금 난 세 번째 안나에게만 신경을 쏟을 뿐이야.

왜지?

대체 네가 그녀의 무엇을 이해했길래?

아마 내가 예전에 그녀 때문에 사실은 할 마음이 없었던 일을 했기 때문일 거야.

난 그때 아이스크림을 두 개나 먹어치웠어.

빈정거리지 마!

자기가 기뻐하는 걸 부끄러워할 필요는 없어!

사랑은 창피한 게 아니야!

나는 재빨리 도로를 따라 걸었다.

도시는 점점 더 조용해졌다.

한 사람에게 세상이 얼마나 차가워질 수 있는지.

그런데 갑자기 어디서 생겼는지 모르겠지만, 어떤 생각이 내 영혼 속으로 날아 들어왔다. 그러자 아주 밝고 따뜻해져서 나도 모르게 걸음을 멈췄다.

나는 그렇게 아름다운 것을 결코 본 적이 없었다.

그건 노래였는데, 가사는 이해할 수 없었다.

대체 이 밤에 누가 노래를 부르지?

나의 아가씨인가?

조용, 이제 그녀가 내게 무슨 말인가를 하려고 한다.

"내 말 좀 들어봐."

그녀가 말한다.

"그때 마법의 성 앞에서 널 봤을 때 네가 나를 알아볼 거라고 생각했어."

알아본다고?

"기억해봐, 기억해보라고. 너와 나, 우리는 이미 아는 사이였잖아."

이미 아는 사이였다고?

"옛날부터 말야, 옛날부터. 난 항상 네가 다시 날 찾아오기를 바랐어. 하지만 넌 나한테서 입장권만 샀을 뿐, 너의 여인을 알아보지 못했어."

대체 넌 누구지?

"나중에, 나중에. 당시에 나는 물론 한마디도 하지 않고 내 선만 그렸지. 사람은 모두 자존심이 있는 법이니까."

자존심이라고?

"아무 말 하지 마, 아무 말 마. 그냥 가기만 해. 난 벌써 오래전부터 널 기다리고 있어."

네가 기다렸다고?

주위를 둘러본다.

바람이 불고 눈이 춤춘다.

"빨리 와, 오라고. 이제 그리 멀지 않아. 눈앞에 노란 집 보여? 난 저기 살아, 난 저기 살아."

그래, 여기 네가 사는구나. 나는 목적지에 도착했다.

쪽지에는 4층이라고 적혀 있다.

어느 창문 뒤지?

나는 아직 모른다.

건물 현관에서 관리인 여자를 만났다. 그 여자는 바닥을 쓸고 있었다. 나는 인사를 하고 여기 그 아가씨가 사는지 물었다.

관리인은 나를 빤히 바라보며 아무 말도 하지 않았다.

갑자기 그 여자가 소리를 질렀다.

"하느님 맙소사! 댁이군요?! 이제야 알아보겠네, 난 댁이 이미 죽은 줄 알았다우!"

뭐? 내가?!

죽어?!

"댁이 전사했을 거라고 생각했지."

그녀가 말하고 바닥에서 일어났다.

"그 불쌍한 처녀는 아주 한참 동안 댁의 편지를 기다렸다우."

나는 관리인을 응시했다.

"저를 아십니까?"

그녀는 천천히 나를 위에서 아래로 살펴보았다. 그러더니 음흉하게 웃는다.

"아니, 아니우. 난 아무 말도 하지 않은 거유."

"대체 제가 누군데요?"

"그건 신사 분 자신이 더 잘 알겠지. 아무튼 이렇게 와줘서 고맙수."

관리인은 중간에 멈칫하고 하던 말을 거둔다.

나는 점점 더 머릿속이 복잡해졌고, 결단을 내리지 못하고 층계를 쳐다본다. 그런데 이미 이 층계에 대한 꿈을 꾼 적이 있는 것처럼 이곳이 문득 아주 낯익어 보인다. 맞아, 넌 여기를 다 알고 있어! 오른쪽에 위로 올라가는 계단이 있고 왼쪽 귀퉁이에 이 관리인 여자가 살고, 위에는 층마다 문이 세 개씩 있는 어두운 복도가 있다.

무시무시해진다.

내가 어디 있는 거지?

"그런데 처녀는 이제 여기 살지 않는다우."

관리인 여자의 목소리가 들렸다.

"벌써 반년 전에 이사 나갔지."

"어디로요?"

관리인이 다시 음흉하게 웃었다.

"일단 4층으로 가보우. 그 처녀가 세들어 있던 집 여주인이 어디로 가면 그 처녀를 만날 수 있는지 말해줄 거유. 댁이 살아 있는 사람들 틈에 다시 나타나면 그 불쌍한 처녀는 굉장히 기뻐할 거유. 특히나 그 많은 불행을 참아냈어야만 한 뒤니 말이우."

"불행이라니요?"

"그게 뭐, 단순한 일이 아니었다우."

"뭐가 단순하지 않았습니까?"

관리인은 입을 다물고 히죽거렸다.

나는 고삐를 늦추지 않는다.

"말씀 좀 해보십시오, 전 아무것도 모릅니다!"

그녀는 뻔뻔스럽게 나를 훑어보고 웃기 시작한다.

"당연하지, 당연해. 남정네들이야 언제나 아무 책임이 없고, 마치 셋도 못 세는 것처럼 아무것도 모르지. 우리 바깥양반도……."

"이것 보십시오."

나는 거칠게 그녀의 말을 끊었다.

"대체 무슨 말도 안 되는 소리를 떠들어대시는 겁니까?!"

관리인은 어깨를 으쓱했다.

"잘 생각해봐요, 젊은 양반. 그럼 알 수 있을 테니."

"아무것도 알 수 없습니다!"

"나는 더는 한마디도 안 할 거유, 죽어도 안 해. 조심해야지! 난 그 일에 아무 상관도 하고 싶지 않아! 그 여자한테나 가봐요. 그 여자가 댁의 기억을 새로이 해줄 거유! 잘 가요!"

관리인은 나를 세워두고 다시 바닥 청소에 전념했다.

완강하게 바닥을 쓴다.

나는 한동안 그녀를 쳐다보다가 4층으로 올라갔다.

그 아가씨가 나가기 전에 살았다는 집주인 여자에게로.

대체 어디로 간 거지?

이 관리인 여자는 잘 무는 짐승이다.

다행히 그런 사람만 있는 게 아니다. 난 아주 상냥한 사람들도 알고 있다.

통틀어 두 종류의 인간이 있다.

하지만 아가씨는 단 하나뿐이다.

그건 사실이다, 이 층계가 내게 정말로 낯익어 보인다.

기다려봐, 곧 다 알게 될 테니까.

이제 나는 4층에 서 있다.

쪽지에 적힌 대로 두 번째 문의 초인종을 누른다.

한 숙녀가 불안스레 문을 열었고 나는 첫눈에 이 여자가 늙을 수 없는 부류라는 것을 알아차렸다. 그녀의 머리카락은 잿빛이지만 역청처럼 새까맣고, 야한 색의 목욕 가운을 입고 있다. 오래된 거다.

여자는 의심스러운 듯 나를 살펴보았다. 보아하니 만약 내가 군복을 입지 않았더라면 문을 쾅 닫아버렸을 것이다.

하지만 사람들은 군복을 신뢰한다.

"무슨 일이시죠?"

여자가 물었다.

그녀는 심하게 혀짤배기소리를 냈다.

"이렇게 저녁 늦게 소란을 피워서 죄송합니다. 그저 한 가지 알아볼 게 있어서 왔습니다."

그리고 나는 여자에게 그 아가씨를 찾는다고 말했다.

그녀는 점점 더 의심하는 눈으로 나를 살펴본다.

"신사 분께서 누구를 찾으신다고요?"

나는 고개 숙여 인사했다.

"죄송합니다, 하지만 관리인이 저를 이리로 올려보냈습니다. 그 여자가 도무지 알 수 없는 말을 횡설수설해서 제 스스로 제가 누구인지조차 알 수 없는 지경이 되었답니다."

"괜찮다면……."

여자가 내 말에 끼어들었다.

"신사 분께서는 그 아가씨와 어떤 관계인지 물어봐도 될까요? 내 말은, 두 분이 친척인가요?"

나는 상냥하게 웃었다.

우리 시대의 아이 143

"관리인 아주머니 말씀이 제가 그 아가씨의 신랑이라는데요."

"아니, 아니에요!"

여자가 발끈해서 내 말을 끊었다.

"저 이상한 여자는 정말 말도 안 되는 소리만 떠들어댄다니까요. 그러면서 모든 사람을 다 혼동하지요. 내가 보기에 그 여자는 아주 정상은 아니에요. 신사 분께서는 물론 신랑이 아니에요. 진짜 신랑도 군대에 있긴 했지만, 아래층의 저 멍청한 여자에게는 군복은 다 똑같은 군복이지요. 게다가 그 여자는 진짜 신랑을 딱 한 번밖에 못 봤을 거예요, 그것도 슬쩍 말이에요. 그 사람은 딱 한 번밖에 여기 오지 않았거든요. 아 그래요, 행복은 짧은 시간밖에 지속되지 않지요!"

그래, 나는 생각했다. 그러니까 너는 그녀가 편지를 쓴 상대가 아니야. 그건 다른 군인이었어.

"흠."

나는 이렇게만 말했고, 이상하게도 그게 다른 사람이었건 아니면 나였건 이제 전혀 상관이 없어졌다. 본론은 지금부터라는 것을 미리 알았던 듯이.

"선생도 참전했나요?"

노파가 관심 있게 물었다.

"네, 그러니까 의용병으로요."

이제 그녀는 아까 난쟁이가 그랬던 것처럼 손짓을 했다. 그래, 그건 우리도 이미 알고 있어요, 그 문제는 덮어두죠, 우리끼리 있는데요.

그러더니 여자는 나더러 집 안으로 들어오라고 청했다. "영웅과 추운 층계참에서 얘기할 수는 없는 법"이기 때문에.

그녀는 나를 자기 방으로 데려갔다.

"내 침실로 오게 해서 미안해요. 하지만 이 방이 유일하게 난방을 하는 방이라서요. 비록 우리가 많은 곳을 정복하긴 했지만요."

그녀는 빈정거리고, 나는 그 말에 대해 뭐라 하지 않는다.

그래, 우리는 승리했다!

"우리가 나중에 승리의 열매를 수확하게 될 거라고는……."

여자가 가볍게 떠들어댄다.

"거의 믿지 않아요. 나는 두려워요. 아무래도 이 미천한 내가 그 예고된 축복을 경험하지 못할 것 같아서 두려워요. 난 벌써 팍삭 늙었거든요."

"아니십니다, 부인!"

"참참참!"

그녀가 집게손가락으로 나를 윽박질렀다.

"참 특이하시군요!"

"저는 진실만을 말합니다."

나는 거짓말을 했다.

"그 점은 매우 칭찬할 만하지만, 대개는 위험한 시도지요. 보세요, 저게 전부 옛날 내 모습이에요!"

그녀는 네 벽을 가리켰는데, 벽마다 전부 사진들로 가득했다.

나는 어렴풋이 하얀 레오타드를 입은 젊은 여자를 알아본다.

내 앞에 있는 사람이 옛날에 저랬다고?

그녀가 벽에서 사진을 한 장 떼어냈다.

"나와 내 오빠예요."

곡예사였나?

공중그네, 링 그리고 스포트라이트.

"착한 우리 오빠는 큰 전쟁에서 전사했지요. 그래, 그래요, 우리 둘은, 우리는 대단했어요. 인기를 얻었지요, 굉장히 인기였어요! 그때 나는 아직 애였지만요."

애였다고?

그건 과장이다.

아니, 저런 젖가슴이라면 분명 열여덟은 됐었을 거다. 난 이 아이가 지금 몇 살이나 됐을지 얼른 셈해본다.

"그런 시절이 있었죠!"

여자가 한숨을 쉬었다.

"그런데 지금은? 그 신식 곡예사들이 하는 게 뭐지요? 전부 사기예요! 예쁜 얼굴, 그게 다라니까요! 이런, 내가 계속 나와 내 개인적인 관심사에 대해서 얘기하느라 선생의 방문 목적에서 완전히 벗어나고 있네요! 불쌍한 안나 양에 대해 알고 싶다고 하셨죠? 저, 내 수다를 용서해줘요. 하지만 당연히 몇 가지 이유에서 왜, 그러니까 어째서, 무슨 권리로 선생이 이 일에 관심을 갖는지 알고 싶네요. 그 아가씨와 친척인가요?"

내가? 뭐라고 해야 하지?

어떻게든 난 그녀에게 속해야 한다. 그렇지 않으면 지금 여기 와 있지 않을 테니까. 하지만 친척이라고?

그 점에 대해서는 전혀 아는 바가 없다.

나는 히죽거리고 싶지만, 늙은 아이가 나를 날카롭게 관찰하고 있다. 거의 음흉할 정도로. 그래서 나는 눈썹 하나 까딱하지 않고 말했다.

"전 그 애 오빠입니다."

"오빠라고요?!"

"네."

"말도 안 돼요!"

"왜 안 됩니까?"

여자는 너무 놀라서 아무 대답도 하지 않았다. 우리는 침묵한다.

"그러니까 선생이 오빠시라고요."

마침내 그녀가 다시 말을 꺼냈다.

"그런데 여동생을 돌보지 않으셨네요."

"시간이 없었습니다."

"변명이에요! 변명에 불과해요! 사람을 위해서는 항상 시간이 있어야 해요. 사람이 제일 중요하고 다른 건 전부 그다음이에요!"

"그럴 수도 있죠."

"틀림없이 그래요! 안 그러면 대체 우리가 어떻게 되겠어요?"

그래, 어떻게 될까?

나는 이렇게 자신에게 묻고 안개는 점점 더 노래진다.

짙고 더럽게, 그렇게 안개가 내 영혼 위에 내려앉는다.

나무가 자란다, 죽은 나무가.

높은 고원의 가장자리에.

우리 주위로 낭떠러지가 입을 벌리고 있고 그 밑으로 물이 좔좔거린다.

우리는 다섯 사람을 붙잡았고, 이제 그들을 나무에 매단다.

나이 든 사람을 가장 먼저, 그리고 나서 가장 어린 사람을.

그야 노인이 우선이니까.

우리는 청소한다, 우리는 청소한다!

그리고 대위는 별을 떼어낸다, 은빛 별을.

대위, 대위, 당신 편지에 뭐라고 쓰는 거지?

"우리는 더는 군인이 아니라 비열한 도둑, 비겁한 살인자야. 우리는 정직하게 적을 상대로 싸우는 것이 아니라 악랄하고 비열하게 아이들과 여자들, 부상당한 사람들을 상대로 싸우고 있어."

웃기는군, 내가 단어 하나하나까지 모조리 외우고 있잖아!

그게 내게 남아버렸다.

그리고 까마귀들은, 그놈들은 다시 지나가고 대위는, 그는 우리 곁을 떠나버렸다.

그는 오른쪽도 왼쪽도 보지 않았다.

이제 그는 돌 위에 앉아 군도로 모래에다 그림을 그린다. 그는 나를 보려고 하지 않는다.

저기에 뭘 그리는 거지?

선들?

내가 이렇게 자문하자 짙은 안개가 옅어지고 오물이 하얗게 되면서 갑자기 분명해진다.

내게 은밀하게 '이제 뭔가 비열한 일이 생길 거야'라는 생각이 들

때마다 항상 그녀가, 내 사랑하는 누이가 떠올랐고, 그러면 언제나 '사실 난 널 찾아가려고 했어'라는 생각이 들었다는 것이.

"오빠 되는 분께서 더 일찍 오셨더라면……."

내 앞에 있는 사람의 목소리가 들려온다.

"그랬다면 아마 전부 달라졌을 텐데요, 그 모든 불행이."

"불행이요?"

"하필이면 내가 오빠 분께 그 소식을 전할 운명인 게 정말 유감이에요. 하지만 아시다시피 운명과는 맞서 싸울 수가 없지요. 간단히 말해서 이건 고약한 일이지만, 그래도 몇 마디로 얘기할 수 있어요. 선생의 불쌍한 누이에게는 괜찮은 일자리가 있었죠."

"마법의 성에요."

"맞아요, 하지만 어느 날 그 일자리가 없어졌어요."

"자동차 홀 때문인가요?"

"자동차 홀이요? 아니에요! 그녀에게 뭔가, 뭔가 작은 것이 생겼기 때문에, 아이가 생겼기 때문에 무기한 해고된 거예요."

"아이라고요?"

"네, 그렇게 임신한 상태에서는 당연히 항상 정확히 시간에 맞춰 업무를 처리할 수 없었겠지요. 아마 이따금 한나절씩 휴식을 취해야 했을 테고, 그것 때문에 회사는 그녀를 해고했어요. 설령 임시 직원을 쓰느라 몇 푼쯤 더 썼다 하더라도 그 회사에는 아무 지장이 없었을 거예요. 그 회사가 아주 크고 그 사람들이 거기 가로수 길의 거의 절반, 큰 구경거리는 다 소유하고 있다는 걸 알고 계시겠지요. 그들은 계속되는 공황 동안 모조리 다 사들일 수 있었죠. 하지만 그들은 그런 사람들이에요. 개개인은 전혀 배려하지 않고 해고하고 또 해고하죠. 그 와중에 누가 파멸한다 하더라도 그게 그 작자들한테 무슨 상관이겠어요? 사람은 아직 충분히 있다고 그들은 생각하죠, 불쾌한 일을 감수할 사람들은 충분하다고. 게다가 아이의 아버지는 군인이었다고요. 용감한 조국의 수호자, 역시 그 유명한 '의용병'이었다고요! 선생의 불쌍한 누이는 그 군인에게 쉬지 않고 편지를 썼지만 한 번도 답장을 받지 못했어요. 대체 어째서였을까요? 어느 날 그녀의 편지가 전부 개봉되지 않은 채 '수신인은 군사 훈련 중 사고로 사망했습니다'라는 국가의 통지서와 함께 돌아왔지요. 그러자 그녀는 당연히 크게 절망했어요. 그녀에겐 아무것도 없었으니까요. 돈도, 일자리도. 그래요, 그러더니 그녀는 안타깝게도 아주 어리석은 짓을 하고 말았어요. 경솔한 바보짓을요. 어떤 수상한 작자에게 아이를 떼게 했지요. 하지만 그 일은 들통이 났고 지금, 지금 그녀는 감옥에 있어요."

"감옥에 있다고요?"

"생각해보세요. 그녀는 2년 형을 선고받았다고요!"

"2년이요?"

"끔찍하지요."

우리는 침묵한다.

나는 난쟁이가 떠올랐다.

그는 난쟁이예술단의 단장이다.

그자는 분명히 회사에 재정적으로도 관여하고 있을 거다. 안 그러면 그렇게 고압적으로 행동하지 않았을 테니까. 그는 잔뜩 찡그린 심술궂은 얼굴을 하고 있다. 놀랄 일도 아니다. 그렇게 작으니까 항상 화를 내는 거다. 그리고 다른 사람에게 분풀이한다.

그자가 해고한다.

가차없이.

그의 대갈통을 한 대 갈겨야 할 텐데.

난쟁이에게?

불구자를 때리려는 거야?

왜 안 되지?

"아까 말했듯이 오빠 분께서 조금 일찍 오셨더라면 아마 사정이 전부 달라졌을 거예요."

노파가 계속 떠들어댔다.

"나는 항상 말하죠, 남자들이 자기한테만 신경 쓰는 대신 조금 더 여자들에게 신경을 쓴다면 이 세상의 많은 것이 개선될 거라고요. 하느님은 아담과 이브를 창조하셨지 연대, 중대, 사단을 만들어내신 게 아니거든요."

"대체 그 애가 어느 감옥에 있습니까?"

내가 물었다.

"세상의 반대편 끝에요. 안 그러면 벌써 오래전에 내가 그 가엾은 아가씨를 면회했겠지요. 세 달에 한 번씩 면회일이 있거든요. 어쨌든 그녀에게 당장 애정 어린 편지를 쓰실 거지요?"

"네, 쓸 겁니다."

나는 일어났고 여자는 나를 따라 방에서 나왔다.

"신문에서는 매번 출산율이 감소한다느니 태어나지 않은 민족의 일원들에게서 싹트는 생명을 보호해야 한다느니, 민족이 사멸할 위험에 처했다느니 떠들어대지만, 가진 것 없는 처녀가 엄마가 될 지경에 처하면 거리로 나앉게 되는 법이에요. 우리 지도자들은 이런 문제에 개입해야만 해요!"

나는 히죽 웃음이 나왔다.

"그럼 그들이 개입하지 않습니까?"

"신사 양반, 대체 어디에 사시나요? 달나라인가요?"

"아니요, 더는 아닙니다."

"우리가 사는 여기 이 아래 지구에서는 일자리 없고 자식이 딸린 어머니는 먹여주고 재워줄 사람이 없는 이상, 아주 잘되어봤자 몇 푼 안 되는 연금을 받을 수 있을 뿐이에요. 그걸로는 어머니도 아이도 살 수 없죠. 그렇게 당황한 눈으로 나를 쳐다보는 걸 보면 이런 얘기를 처음 듣는 건가요?"

"아닙니다."

나는 말했고 눈앞에 아버지를 본다. 그는 절뚝거린다. 그리고 나의 연금. 그건 훨씬 더 많이 절뚝거린다.

우리는 이제 층계참에 서 있다.

"우리 지도자들은 엄청난 사기꾼입니다."

내가 천천히 말했다.

"쉿!"

노파가 깜짝 놀라서 내 말을 자르고 불안스레 주위를 둘러본다.

"맙소사, 그렇게 큰 소리로 말하지 말아요! 게다가 군복까지 입고. 조심해요!"

"네."

"그래 봤자 별 소용도 없을 테지만."

"그럴지도 모르죠."

"안녕히 가세요. 그리고 여동생을 잘 좀 돌보세요!"

"안녕히 계십시오, 부인!"

나는 층계를 내려갔다. 한 계단 한 계단씩.

조용히, 아주 조용히.

나는 아무 내색도 하지 않는다.

하지만 내 안에는 무시무시한 분노가, 끔찍한 증오가 자리잡고 있다.

이제 난 청소하고 싶다!

청소해서 인간 쓰레기들을 날려버리는 거다!

이제 나는 항공기가 되고 싶다, 육중한 폭격기가. 그리고 우리 지도자들 위에서 선회하고 싶다.

그들이 전부 나란히 쪼그리고 앉아 그 나라를 나눌 때, 당신들한테 가져다주는 데 나도 동참했던 그 작은 나라를 나눌 때.

항상 그놈의 법적 입장만을 대변하는 한심한 정부에 의해 다스려지는 그 생존 능력이 없는 조직을.

가소로운 입장이다. 안 그래?

당신들 말을 기꺼이 믿어주지!

말해봐, 내 한참 밑에 있는 당신네 지도자들, 정복한 저 나라를 누가 차지하게 되지?

누가 광석, 지방, 빵을 차지하냐고?

누구냐고?

내게는 감옥밖에 보이지 않아.

당신들은 항상 세계사적 사명이라고 떠들어대지.

당신들은 세계사적 사명을 가질 필요가 없어!

당신들이 도둑질을 하려고 할 때 우리를 바보로 만들지 마!

나는 재빨리 어두운 밤을 통과해 다시 항구 쪽으로 내려간다.

난쟁이 왕국으로.

왜 한 아가씨를 해고했는지 그 회사에 해명을 요구하기 위해서 말이다.

비록 나한테 직접 관계되는 일은 전혀 없지만, 모든 것을 그냥 감수할 수는 없는 법이다!

누가 모든 걸 그냥 묵과하는가?

파렴치한이다.

그런데 난 파렴치한이 아니고, 내 마음은 검은 바다다.

거친 하늘 아래의.

구름들이 몹시 격노하여 몰려온다.

조심해, 조심하라고!

너는 아직 군복을 입고 있고, 그 일로 네 목이 달아날 거야.

아무 내색도 하지 마.

덮어버려, 네 바다와 네 하늘을!

진정될 때까지 그런 척 꾸며!

꾸미라고!

나는 자동차 홀을 지나간다. 마지막 손님들이 거기서 차를 타고 빙빙 돌고 있다.

재미 많이 보시죠!

그리고 저기 검은 문이 달린 하얀 벽이 있다.

문은 벌써 닫혀 있다.

"대체 언제 여기에 사람들이 다시 나옵니까?"

나는 그네 담당 청년에게 물었다.

"내일 8시요."

좋아, 그렇다면 내일 다시 오지.

오늘은 더는 서두를 일이 없기 때문에 천천히 가로수 길을 되돌아간다.

대부분의 노점들은 이미 닫혔다. 칼을 삼키는 자들과 불 먹는 곡예사들은 더는 삼키지 않고 먹지 않는다. 수염 난 여자와 사자 머리를 한 남자, 세상에서 제일 뚱뚱한 여인은 이미 침대에 누워 푸른 연무를 꿈꾼다.

작은 원숭이 한 마리만 아직 이 밤의 추위에 떨고 있다.

녀석은 떠는 내기를 하고 싶어 하지만 같이 떨 수 있는 다른 원숭이가 없다.

승마장의 말들은 이미 마구간에 들어가 있고 사격장도 벌써 닫힌다.

이제 낮이 점점 짧아진다.

왼쪽에서 불빛이 눈 위로 쏟아진다. 어떤 맥줏집에서.

물론 그 집은 영원히 열려 있을 것이다. 거기서 지금 한잔해야겠다.

다시 미래를 느끼기 위해 제대로 취할 때까지 마실 돈이 있으면 좋을 텐데.

나는 문고리에 손을 대었다가 마지막 순간에 멈췄다.

그 맥줏집 안에 오래전부터 아는 사람이 보였기 때문이다.

나한테 쪽지를, 내 누이의 주소가 적힌 쪽지를 건네준 그 남자가.

바로 회계사였다.

그는 지금 청어를 먹고 있다.

어찌나 맛있게 먹어대는지. 아니면 그가 근시이기 때문에 그렇게 보이는 것뿐일까?

회계사는 물론 그녀가 왜 일자리를 잃었는지 알고 있었다. 정확히 알고 있었다.

그런데도 그는 이렇게 말했다.

"그 아가씨는 병이 났소."

그리고 나는 물었다.

"어디가 안 좋았습니까?"

그러자 그가 말했다.

"별것 아니었소."

별것 아니었다고? 자, 기다리기나 하시지!

회계사는 여전히 먹어대고 있다.

그가 춥지 말라고 토시를 끼고 있는 게 보인다.

그러자 불현듯 이런 생각이 났다. 너는 추워봐야 해. 넌 청어도 먹으면 안 돼.

회계사가 유리문 쪽을 힐끔 쳐다보더니 조금 움찔했다. 청어 조각이 포크에서 떨어졌다. 저자가 날 알아봤나?

그가 얼른 다시 눈을 돌린다.

그래, 그는 내가 누구인지 안다. 근시인데도 말이다.

이제 그는 청어에 손도 대지 않는다.

식욕이 달아났나 보지?

회계사는 의자에서 일어났지만, 더는 아무것도 사 먹지 않으면서도 여전히 맥줏집을 떠나지 않았다. 그는 아무래도 나오지 않고 그저 가끔씩 아직 내가 있는지 보려고 힐끔힐끔 유리문 쪽을 쳐다보았다.

그래, 난 아직 바깥에 있고 안으로 들어가지 않는다.

저 신사 분께서 황송하게도 나타나실 때까지 기다린다.

단둘이 있을 때 왜 너희들이 그 아가씨를 해고했는지 너한테 물어보고 싶기 때문이지.

단둘이 있을 때. 왜냐하면 내가 네 따귀를 갈길지도 모르니까 말이야.

기다려봐, 너를 밖으로 끌어내고 말 테니까!

나는 문가를 떠나 오른쪽으로 몇 걸음 갔다. 이제 회계사는 내가 갔다고 생각할 것이다.

벽에 몸을 바싹 붙였다.

문이 열린다. 하지만 나타난 건 술 취한 남자뿐이다.

취객은 콧노래를 부르며 고향을 향해 비틀거리며 갔다. 마침내 그 사내가 나온다.

그는 의심스레 문간에 서서 주위를 둘러본다. 그래, 넌 그게 추잡한 일이었던 걸 잘 알고 있구나.

회계사는 나를 볼 수 없다.

나는 그녀의 그늘 속에 서 있다.

갑자기 그가 출발한다, 왼쪽으로.

나는 그를 뒤쫓아간다.

그는 옆길로 구부러진다. 내가 모르는 길이다.

두 개의 작은 다리가 나타난다. 여긴 온통 운하다.

우리는 집들 뒤에 있다. 순 창고뿐이다.

이제 그가 어떤 울타리를 따라 걷는다.

계속 가보라고, 내가 곧 너를 따라잡을 테니까!

차가운 바람이 불어온다.

"회계사님!"

내가 소리를 질렀다.

"잠깐만요!"

회계사는 주위를 둘러보고 나를 발견하자 깜짝 놀란다.

그의 걸음이 훨씬 더 빨라지기 시작한다.

이제 나는 그의 뒤에 바짝 따라붙었다.

"걸음이 빠르시네요."

내가 말했다.

"하지만 나도 빨리 걸을 수 있습니다."

두 걸음 만에 나는 그의 앞에 서서 길을 가로막는다.

이제 그는 멈춰 서야 한다.

"대체 나한테 뭘 원하는 거요?"

회계사가 묻고 누가 있는지 둘러본다. 하지만 더는 아무도 오지 않고 우리 둘뿐이다.

"회사에 관계되는 일을 좀 여쭤보고 싶어서요."

"내일 사무실로 오시오."

그가 내 말을 끊고 자신감 있게 보이려고 안간힘을 쓴다.

"내일요? 내가 내일까지 살아 있을지 알게 뭡니까!"

나는 히죽거렸다.

"그런 생각은 하지 마시오."

그가 말하고 불안스레 웃는다.

"이보세요. 이건 마법의 성에 있던 아가씨에 관한 일입니다. 댁은 오늘 오후에 나한테 그때 그 아가씨가 병이 났다고 했죠."

내가 엄격하게 말했다.

"유감, 유감이오."

"그녀가 어디가 안 좋았는지 알고 있었지요?"

회계사는 한순간 나를 뚫어지게 보더니 손으로 눈 위를 쓰다듬고 하늘을 쳐다보았다. 거기서 도움을 구하냐? 실컷 구해봐라, 이제 넌 내 것이니까!

갑자기 그는 마음을 먹더니 소심하게 물었다.

"실례지만, 당신이 정말 애 아빠요?"

"아뇨."

"아니라고?"

그가 말을 길게 끌면서 나를 살펴본다.

그가 무례해진다.

"그럼 대체 그 아가씨가 당신과 무슨 상관이오?"

"나랑 상관이 있으니까 이제 그만해요!"

"나를 보내주시오."

"아직 안 됩니다! 그러니까 그 아가씨가 해고된 게 당연하다고 생각하십니까?"

"당신이 나한테 뭘 원하는지 모르겠소."

"대답을 원합니다!"

"제발, 그만 하시오! 안나 양이 업무를 똑바로 처리하지 못했기 때문에 우리는 당연히 그녀를 해고해야 했소. 우린 큰 회사고 그만큼 책임도 크다는 것을 잊지 마시오."

"누구를 위해서요?"

"우리는 사무원, 곡예사 등 240명가량의 사람들을 돌봐야 하오. 그런 상황에서 아무도 우리에게 개개인에게 신경을 쓰라고 요구할 수는 없소."

"왜 안 됩니까?"

"개인은 중요하지 않으니까."

나는 그를 응시한다.

중요하지 않다고?

나도 예전에 한번 그런 말을 했다.

얼마나 어리석었던가, 얼마나 어리석었던가!

"우리는 이윤을 내야 하오."

회계사가 말을 이었다.

"사업상의 각축전도 전쟁과 다름없소, 선생. 그리고 전쟁은 알다시피 점잖게 굴어서는 이길 수가 없소. 그건 당신도 이미 알고 있을 텐데요."

점잖게 굴어서는 안 된다고? 그건 내가 한 말이었다.

대위가 군인은 범죄자가 아니라고 소리쳤을 때 말이다.

회계사는 한순간 나를 경멸하듯이 쳐다보고 킥킥거린다. 아니면 나한테 그렇게 보인 것뿐일까?

그러고 나서 그는 계속해서 헛소리를 해대고 나는 내 말소리를 듣는다. 내 말소리를 듣는다.

이 모든 공허하고 상투적인 말들. 파렴치하고 거만하고, 남이 한 말을 되풀이하고, 남의 말을 자기 생각인 양하는 말들.

나 자신 때문에 속이 메슥거린다.

내 과거의 그림자가 혐오스럽다. 그래, 대위가 옳았다!

나는 편안한 생활을 증오했고 불편한 생활을 열광적으로 숭배했다.

난 얼마나 거짓말쟁이였던가!

그래, 비겁한 거짓말쟁이였다. 마치 조국이 결백의 하얀 외투라도 되는 듯이 자신의 비행을 조국으로 은폐해버리는 게 얼마나 편리한가!

조국에 봉사하든 다른 어떤 회사에 봉사하든 상관없이 마치 비행은 범죄가 아닌 듯이.

범죄는 범죄이고 공정한 심판관 앞에서는 어떤 회사든지 무너져서 무(無)로 돌아간다.

선과 악에 대해서는 각 개인만이 자신을 변호해야 하고 하늘과 지옥 사이의 그 어떤 조국도 그 일을 대신할 수 없다.

내가 열정적으로 사랑했던 불편한 삶은 위선으로 가득한 편안한 수렁에 지나지 않았다!

나는 대오를 지어 서 있었고, 내 누이가 감옥에 있건 말건 그건 내게 중요하지 않았다.

제기랄, 나는 짐승이었어!

그래, 난 인간이 아니었어!

지금 그때 그대로의 나와 마주친다면 나 자신을 때려죽일 수도 있을 것 같다.

그런데 내 앞에 있는 이 근시안의 저질 인간은 이제 이런 말까지 한다.

"전쟁은 만물의 아버지요."

"닥쳐요!"

나는 차갑게 그의 말을 끊는다.

"대체 그 아가씨에게 무슨 일이 생겼는지 압니까?"

"모르오!"

"그녀는 수감되었습니다."

"수감되었다고? 왜지?"

"결국 일자리를 잃었기 때문이었죠."

"그거 유감이오."

유감이라고?

말은 그렇게 하지만 그녀가 고통을 겪어야 한다는 사실이 회계사에게 즐거움을 주는 것처럼 보인다. 그가 아주 만족스럽고 안심한 듯한 표정을 짓는 걸 보면. 마치 나를 까맣게 잊어버린 것처럼 말이다.

하지만 나는 아직 여기 있고 너한테서 눈을 떼지 않아.

이제 회계사가 어깨를 으쓱한다.

"선생, 역시 그렇군요. 안됐지만 개개인은 문제가 되지 않소."

그가 웃고, 나는 이런 생각이 났다. 네놈은 꼭두각시야, 위선적인 꼭두각시.

내가 이렇게 침착하다는 게 놀랍다.

"당신은 개야."

내가 말했다.

그는 잘못 알아들었다는 듯이 나를 빤히 바라보더니 곧 화를 불끈 냈다.

"허락하신다면……."

"나는 당신한테 아무것도 허락하지 않을 거야. 당신은 개니까. 그래, 개개인은 '안됐지만' 문제가 되지 않으니까 저도 언젠가는 그 아가씨처럼 일자리를 잃을 수 있다는 걸 생각 못하는 멍청한 개지!"

회계사가 악의에 차서 나를 훑어본다.

"젊은이. 나를 어디 그저그런 직원과 비교하지 말게. 나는 수석 회계사고 벌써 36년 전부터 같은 회사에서 일하고 있으니까."

그가 말했다.

"그러니까 당신은 이제 없어도 되는 거야!"

"오호, 젊은이!"

이제 그가 경멸 조로 히죽거린다.

"게다가 내가 임신하게 될 일은 없을 거라는 걸 잊은 모양이군."

그는 킥킥거리고 나는 눈앞이 벌게진다.

나는 그자의 옷깃을 붙잡고 주먹으로 얼굴을 친다. 그의 안경이 바닥에 떨어진다.

"당신이 나를 때려?!"

그가 소리친다.

"늙은이를 쳐! 사람 살려! 사람 살려!"

나는 그에게 달려들어 입을 막고, 그는 내 외투를 붙들고 늘어진다. 나는 그를 몇 대 더 가격한다.

그가 비틀거린다.

갑자기 운하가 눈에 들어온다.

저게 계속 저기 있었던가?

그가 내 손을 문다.

기다려, 이 악당아! 꺼져버려!

운하 속으로, 운하 속으로.

꺼져.

나는 더는 주위를 둘러보지 않는다.

바람이 불고 눈은 춤을 춘다. 나는 '파리 시'로 갔다.

그의 안경은 주워서 그가 있는 곳으로 던져버렸다. 그자가 진창을 더 잘 볼 수 있게.

지금쯤 그는 개인이 중요한지 아닌지 알게 되었을 것이다.

나는 기분이 아주 좋다.

왜냐하면 개인이 중요하지 않다고 말하는 자는 누구나 꺼져버려야 하기 때문이다.

눈사람

이틀이 지나갔고 오늘 나는 다시 예전의 내가 되었다.

어제, 그저께는 내가 그랬다는 것이 발각될지도 모른다는 생각에 매우 불안했다. 심지어 사랑하는 신과 다시 대화하기 시작했을 정도였다.

그에게 뭔가를 줘야 한다는 것을 나는 어렴풋이 기억하고 있었다. 그 어떤 거라도. 그리고 그게 아무리 사소한 것일지라도 그는 모든 것에 감사한다.

마치 거지라도 된 듯이.

그에게 뭔가 선물하라.

첫 번째로 마주치는 거지에게 선사하라, 그에게 5탈러를 줘라.

아니 잠깐만! 넌 1탈러밖에 없잖아.

하지만 1탈러도 큰돈이고 너에게는 점점 더 큰돈이 될 거다.

그 일이 발각되지 않게 처음 만나는 거지에게 전부 다 줘!

그래서 나는 불안스레 시내를 돌아다녔지만 지옥이 거지들을 전부 삼켜버렸는지 어디에서도 거지를 만나지 못했다. 신사 숙녀 분들께서는 아마 더는 나에게 관심이 없는 것 같았다.

그런데 그건 그것대로 아주 좋았다. 왜냐하면 오늘 자 조간 신문에 마침내 모 회계사가 귀가 도중 사고로 죽었다는 짤막한 기사가 실렸기 때문이다. 심한 근시 때문에 암흑 깔린 얼어붙은 인도에서 미끄러져 운하로 추락한 것으로 보인다고 씌어 있었다. 유족으론 애도하는 미망인과 기혼인 아들, 미혼인 두 딸이 있었다.

그래, 발각되지 않을 거다.

더 고귀한 정의가 있는 것이다.

그런데 조간 신문은 관할 당국에 이렇게 질문한다. '대체 언제가 되어야 운하 주변에 난간이 설치되는가?'

그래, 언제지?

지금은 오후다. 이틀 전 이 시간에는 아직 환했다.

밤새 겨울이 되었고 창문에는 성에가 낀다.

나는 아버지의 방에 앉아 있고 방금 편지를 썼다. 나의 누이가 된 그 아가씨에게 보내는 편지를.

'친애하는 아가씨께'라고 나는 썼다. "아마 저를 기억하지 못하시겠지만, 저는 항상 당신에게 편지를 쓰려고 했습니다. 저는 군인이었고 예전에는 군인인 게 좋았습니다. 비록 당신의 얼굴밖에 모르시만, 자주 당신 생각을 했고 여기저기 당신을 찾아다니기도 했습니다. 이제 저는 당신의 슬픈 사건을 알고 있습니다. 제가 당신을 잊지 않을 것이고 항상 온 힘을 다해 당신을 도와주려고 한다는 점을 믿어주십시오. 왜냐하면 저는 정의를 사랑하거든요."

나는 편지를 봉하고 부치려고 거리로 내려갔다.

어제부터 지독하게 춥다.

하늘은 검푸른 색으로 변해간다. 그래, 이제는 얼음이 지배한다.

편지를 우체통에 집어넣자 내 손에는 더는 아무것도 없었다. 손은 내 팔에 속하고, 앞으로 내가 살아야 하는 한 이 팔을 결코 참고 견디지 못할 것이다.

그것은 나에게 평온을 주지 않을 것이다.

그녀가 내 편지를 받을지 누가 알겠는가.

그녀가 답장을 할지 누가 알겠는가.

내가 자기 때문에 한 온갖 짓을 그녀가 절대 알아서는 안 된다.

그렇게 되면 내가 너무 위험해질 테니까.

여자들은 언제나 수다스럽다.

그런데 당국이 아직도 난간을 설치하지 않은 것이 그녀에게 무슨 도움이 되는가?

상관없다!

그녀에게 소용이 있건 없건, 내가 관심 있는 것은 앞으로 되어야 하는 무엇이 아니다. 내가 관심 있는 것은 오직 지금 안 되는 것뿐이다.

개인이 중요하지 않아서는 안 된다. 그게 최후의 아가씨 한 명뿐일지라도.

그리고 그 반대를 주장하는 자는 누구나 파멸되어야 한다. 철저하게!

그 뒤에 오는 것은 아직 미래의 안개 속에 묻혀 있다.

이제 내 편지는 떠났다.

그래서 나는 거리를 따라 걷는다.

천천히 걷는지 혹은 빨리 걷는지, 그 점은 분명치 않고, 나는 내 안의 모든 것을 정리하려 하지만 아무리 노력해도 자꾸만 다시 처음부터 시작해야 하고 갑자기 나 자신이 완전히 버림받은 것처럼 느껴진다. 마치 심장이 내 몸밖으로 튀어나온 듯이. 아마도 영원히.

예전에 나는 우리가 증오를 가지고 전진한다고 생각했다.

그때 난 대오를 지어 행진했다.

나는 얼마나 어리석었던가, 나는 얼마나 어리석었던가!

항상 누군가가 네 옆에 좌우측에서, 밤낮으로 행진한다고 하더라도 너는 언제나 고독한 빙하로 남을 것이기 때문이다.

그리고 산들은, 그것들은 밤낮으로 커지지만, 너, 너는 작아진다.

너는 네 안으로 들어가고 네 안에서 늙은 부엉이처럼 쪼그리고 앉아 있다.

너는 낮에는 눈이 보이지 않고 밤에는 아무것도 잡지 못한다.

네가 날아다니는 곳에서는 삶이 끝나기 때문에.

굶어 죽거나 아니면 너 자신을 잡아먹어라!

나는 멈춰 서서 주위를 둘러본다.

내가 대체 어디로 가고 있는 건가?

넌 벌써 집에서 아주 멀리 왔다.

돌아가!

년 벌써 아주 지쳤어. 당연하지, 당연해. 놀랄 일도 아니다! 그건 지난 이틀, 특히 지난 이틀 밤의 결과다. 다시는 그런 밤을 겪고 싶지 않다. 두려워하면 피로해지는 법이니까.

나도 모르게 웃음이 나온다.

이제 전부 괜찮다!

그는 얼어붙은 인도에서 미끄러졌다 기타 등등, 기타 등등.

가기나 해라.

잠이 잘 오게 조금만 더 바깥 공기를 쐬어라.

나는 돌아가지 않고, 집들은 점점 수가 적어진다.

오른쪽으로 철조망이 시작되는데, 그 뒤로 하얀 나무들과 관목들이 많이 있다, 크고 작은.

아하, 공원이구나.

한 사람도 보이지 않고 나는 숨을 깊이 쉰다.

눈 냄새가 난다.

여기는 정말 아름답다.

내 앞에 높다란 정문이 나타나고 문 위엔 안내판이 달려 있다.

'아침 8시부터 해 질 녘까지 개방.'

벌써 어두워졌지만 문은 아직 열려 있다. 이리 와, 들어가봐!

작은 은빛 별들이 마치 하늘이 검은 비단인 양 아주 또렷하게 반짝인다. 하지만 동쪽에는 층구름이 떠 있다, 큰 구름 산이. 그래그래, 밤에 또 눈이 내릴 거다.

이렇게 공원을 걸으니 기분이 아주 묘해진다. 내 기억이 틀리지 않다면 다음 모퉁이를 지나면 틀림없이 어린이 놀이터가 나올 것이기 때문이다. 맞다, 저기 벌써 보인다, 나의 장소가!

언젠가 여기서 너는 모래 놀이를 했지, 기억해보라고! 성을 만들고 도시를 만들었잖아. 그 성은 어디 있었지, 도시는 어디 있었어? 모래가 눈으로 뒤덮여 있다.

지나갔다, 지나갔어!

새로운 시대가 올 거다.

나는 벤치에 앉아 눈을 감는다.

세상이 얼마나 고요해질 수 있는지.

그리고 얼마나 소리 없이 많은 것들이 가고 오는지.

이를테면 추억이.

아주 먼 구석에서도.

나무들 속에서 시계가 째깍거린다. 잠들지만 말아!

마치 대단한 밤이 다가오는 것처럼 나는 하품을 하고 또 한다. 그래, 돌아갈 시간이야. 안 그러면 문이 닫힐 거야.

나는 소스라치게 놀란다. 무슨 생각을 한 거야? 그 이상한 문장이 뭐였지?

그건 전혀 아무 의미도 없었나?

이제 눈이 내린다.

바람이 내 얼굴에 눈을 몰아친다. 온통 개미 천지인 것처럼 가렵고 따갑다.

그놈들이 기어와 집을 짓는다.

점점 더 에고 추워진다.

그리고 갑자기 나는 그것을, 내 문장을 다시 찾는다. 조금 전의 그

이상한 문장을. 이제 심지어 외울 수도 있다.

모든 새로운 시대의 처음에는 빛이 꺼져버린 눈〔目〕과 불타는 검을 가진 천사들이 소리 없는 암흑 속에 서 있다. 대위의 미망인이 그 편지를 갈기갈기 찢어버렸을까?

아니면 나중에 누군가 그걸 발견할까?

다른 사람들이.

집으로 가, 안 그러면 네 문이 닫혀버릴 거야!

그냥 내버려둬, 내버려두라고! 이제 개미들도 자고 추위는 누그러질 거야.

눈이 내린다, 눈이 내린다. 마치 동화책에서처럼.

대체 내가 어디 있는 거지?

방은 어둡고 나는 바닥에 앉아 있다.

창문은 높이 달려 있고 누가 들어 올려줘야만 나는 밖을 내다볼 수 있다.

그래그래, 전후에는 석탄이 없을 때가 많다.

나는 왜 전쟁이 있어야만 하는지 사랑하는 신에게 물어볼 거다.

"추워."

이것이 내 최초의 기억으로 남을 것이다.

밤이 가고, 천천히 낮이 다시 찾아온다.

나는 눈투성이고 꼼짝하지 않는다.

젊은 여자가 어린아이와 함께 온다.

아이가 먼저 나를 보고는 손뼉을 치며 소리친다.

"저것 봐, 엄마! 눈사람이야!"

엄마가 내 쪽을 쳐다보고 눈이 휘둥그레진다. 그녀는 놀라서 나를 응시하다가 새된 소리를 지른다.

"맙소사!"

그녀는 아이를 끌고 가고 나는 그녀가 소리치는 것을 듣는다.

"도와줘요! 도와줘요!"

이제 그 둘이 다시 돌아오는데, 옆에 한 명이 더 있다. 경찰관이다. 그는 내게로 몸을 숙이고 주의 깊게 나를 살펴본다.

"맞습니다."

그가 말한다.

"이 사람은 분명히 동사했습니다. 이걸로 됐습니다."

어머니는 더는 이쪽을 보려고 하지 않지만, 아이는 내게서 쉽게 떨어지지 못한다. 그 애는 자꾸만 뒤돌아서 호기심 어린 눈으로 나를 쳐다본다.

실컷 봐, 보라고!

눈사람이 벤치에 앉아 있다, 그는 군인이다.

그리고 너, 너는 자랄 거고 그 군인을 잊지 않을 거다.

아닌가?

그를 잊지 마, 그를 잊지 마!

왜냐하면 그는 시시한 일을 위해 자기 팔을 바쳤거든.

그리고 네가 완전히 어른이 되었을 때는 아마 다른 시대가 와 있을 거고, 네 아이들은 너에게 이렇게 말하겠지. 그 군인은 비열한 살인자였어요.

그렇다고 날 욕하지는 마. 나는 어쩔 도리가 없었어. 나는 바로 우리 시대의 아이였거든. 부디 이 점만은 알아주기를…….

작품 해설

외덴 폰 호르바트는 우리나라에서는 거의 알려지지 않았지만, 독일에서는 흔히 브레히트와 비교되는 중요한 극작가다. 그는 19세기 민중극의 전통을 계승하여 주로 소시민 계층의 허위 의식을 폭로하는 희곡 작품들을 남겼다. 비록 그가 독일어로 작품을 쓰긴 했지만, 사실 정통 독일인은 아니었다. 호르바트는 1901년 12월 9일 헝가리 외교관의 장남으로 크로아티아의 피우메(현재의 리예카)에서 태어나 헝가리 국적을 갖고 있었다. 외교관인 아버지 덕분에 호르바트는 여러 곳을 돌아다니며 살았다. 태어난 다음해 베오그라드로 이사했고, 그 후 부다페스트, 빈, 뮌헨 등지에서 성장기를 보냈다. 그래서 그에게는 달리 고향이 없었으며 민중이 곧 그의 조국이었다.

"사람들이 내게 고향에 대해서 물으면 이렇게 대답할 것이다. 난 피우메에서 태어났고 베오그라드, 부다페스트, 프레스부르크(브라

티슬라바의 독일식 명칭), 빈, 뮌헨에서 성장했으며 헝가리 여권을 가지고 있다. 하지만 '고향'? 그건 모른다. 나는 전형적인 옛 오스트리아·헝가리 혼혈이다. 마자르인, 크로아티아인, 독일인, 체코인의. 내 이름은 마자르식이고 모국어는 독일어다. 나는 독일어를 제일 잘하고 독일어로만 글을 쓴다. 그러니까 독일 문화권, 독일 민족에 속한다. 하지만 민족주의적으로 위조된 '조국'이라는 개념은 내게 낯설다. 내 조국은 민중(Volk)이다. 그러니까, 말했듯이 나는 고향이 없고 당연히 고향이 없다는 것에 고통받지 않으며 오히려 그점이 기쁘다. 덕분에 쓸데없는 감상주의에서 벗어날 수 있기 때문이다."

1919년 뮌헨대학교에 입학하면서 호르바트는 본격적으로 글을 쓰기 시작했다. 1920년 첫 작품인 《무도서》를 시작으로 여러 편을 집필했으나 이 시기에 쓴 작품은 대부분 폐기해버렸다. 호르바트는 1924년 젊은 예술가들의 중심지였던 베를린으로 이주하였고, 실제 사건이나 직접 겪은 일들 또는 주변 인물에서 종종 소재를 찾았다. 1927년 실제 사건을 바탕으로 쓴 《슬라덱 또는 보수적 군대》(후에 《슬라덱, 보수적 제국 군인》이라는 희곡으로 개작)에서 국가사회주의(나치즘)를 비판하였고, 이때부터 국가사회주의자들과의 불편한 관계가 시작되었다.

1929년에 희곡 《산악철도》의 공연이 성공을 거두면서 주목을 받은 호르바트는 2년 후에 작가로서의 절정기를 맞았다. 그의 희곡 중 가장 성공적인 것으로 꼽히는 《빈의 숲 이야기》가 초연되었고, 이 작품으로 독일 유수의 문학상인 클라이스트상을 수상한 것이다. 하지만 이 작품을 비롯, 그보다 전에 발표한《이탈리아의 밤》과 그 후에 쓴《카시미르와 카롤리네》,《믿음 사랑 희망》에서 고달픈 민중의 삶, 개인과 사회 간의 싸움, 파시즘의 대두 등을 소재로 삼으면서 계속해서 국가사회주의자들의 심기를 건드렸던 호르바트는 결국 퇴폐 예술가로 낙인찍히고 만다. 그리고 1933년 히틀러가 권력을 장악하면서 독일 무대에서 그의 작품들이 전면 상연 금지되는 불운을 겪게 되었다. 국가사회주의자들의 박해를 피해 호르바트는 독일을 떠나 빈으로 갔지만 그 다음해에는 오스트리아에서도 상연 금지를 당하고 말았다. 그해 호르바트는 베를린으로 돌아가 상연 금지 조치를 철회하기 위해 노력하지만 결국 실패로 돌아가자 다시 독일을 떠났고 이때부터 일정한 거주지 없는 떠돌이 생활을 시작했다.

독일, 오스트리아에서의 잇단 상연 금지 조치로 작품을 무대에 올릴 수 없게 되자 1937년부터 호르바트는 희곡보다는 산문 쪽에 관심을 기울였다. 이해에 두 번째 소설인《신 없는 청년》을 발표하여 커다란 성공을 거두었고, 이어서 최후의 소설인《우리 시대의 아이》를 완성하였다. 파시즘을 비판한 두 작품 모두 커다란 반향을 불러일으켰지만, 독일이 아닌 네덜란드 암스테르담에서 출판되어야만 했다.

호르바트의 죽음은 파란만장했던 그의 삶만큼 혹은《우리 시대의 아이》의 주인공만큼 극적이었다. 1938년 6월 1일 파리 샹젤리제 거리에서 번개에 맞아 떨어지는 나뭇가지를 머리에 맞고 짧은 생을 마감한 것이다. 마치 자신의 이런 죽음을 예상이라도 한 듯 그는 죽기 며칠 전 한 친구에게 "나는 길거리가 겁이 나네"라고 말했다고 한다.

호르바트의 작품들은 그의 사후 묻혀 있다가 1960년대 들어 새롭게 주목받기 시작했다. 세월이 흘러도 퇴색되지 않는 날카로운 사회 비판 정신과 소재의 시의성, 흥미로운 이야기 전개 덕분에 그의 작품은 커다란 붐을 일으켰고, 그 후 희곡은 물론이고, 소설들도 각색되어 꾸준히 무대에 오르고 있다.

호르바트의 세 번째이자 마지막 소설인 《우리 시대의 아이》는 장기간의 경제공황 후 바이마르 공화국이 붕괴되고, 히틀러가 권력을 장악한 몇 년 후의 독일을 배경으로 한다. 지극히 평범하지만 불안한 시대 탓에 평범하게 살 수 없었던 한 청년의 입을 통해 나치 시대 독일의 사회상을 드러내고 국가가 '조국'이라는 이름으로 어떻게 개인을 파멸시킬 수 있는지 보여준다.

처음에 군인이 된 주인공 청년은 실업자 신세를 면하게 해준 조국에 감사하고 조국과 지도자들에게 맹목적인 충성을 맹세한다. 청년은 조국, 지도자, 군대, 충성이라는 틀에 갇혀 다른 소중한 가치는 모두 다 무시하고 짓밟아버린다. 사실 그건 청년만의 잘못은 아니다. 사람과 사랑의 소중함을 가르쳐줘야 할 어머니는 어릴 때 세상을 떠났고 아버지는 전쟁에서 입은 부상으로 신세를 망친 탓에 자기 연민에 빠져 있다. 게다가 몇 년간의 끔찍한 실업자 생활은 청년을 차가운 인간으로 바꿔버렸다.

청년은 우연히 알게 된 놀이공원의 매표소 아가씨에게서 사랑을 느끼고 따뜻한 인간미를 되찾을 뻔하지만 곧 이웃 나라의 전쟁(스페인 내전을 비유)에 참가하게 된다. 그리고 점점 더 인간성을 상실하고 잔인해져간다. 그러던 중 그가 유일하게 좋아하던 대위를 구하려다 입은 팔 부상으로 뜻하지 않게 제대하게 된 청년은 다시 아무 보장도 없는 실업자 신세로 전락하고 만다. 그토록 혐오하던 아버지에게 얹혀살게 된 청년은 일련의 사건을 겪으면서 아버지와 화해하고 자신이 그토록 숭배하고 충성했던 지도자들과 조국이 한낱 헛된 망상에 불과했음을 깨닫는다.

호르바트는 잘못된 시대의 잘못을 깨닫지 못하고 오히려 거기에 동참했던 청년이 자기와는 실상 아무 관계도 없는 매표소 아가씨의 불행을 복수하기 위해 살인을 저지르게 함으로써 강력한 지배층에 대한 힘없는 개인의 작은 반항을 시도한다. 그러나 서서히 진실을 깨달아가는 청년의 입을 통해 가차없이 파시즘을 비판한다고 해도 호르바트가 전적으로 개인의 편을 드는 것은 아니다. 그는 시대적 상황 때문에 어쩔 수 없었다고 하더라도 범죄자 집단이나 다름없는 위선적인 조국과 지도층에 맹목적으로 충성한, 청년으로 대표되는 독일 국민의 무지와 어리석음을 폭로하고 그들에게도 벌을 내린다. 그래서 청년은 결국 감정의 부재, 차가운 마음에도 잘못이 있었음을 깨달으며 죽음을 맞게 된다. 그를 감쌌던 추위가 점점 누그러짐을 느끼면서. 마지막에 호르바트는 "그렇다고 날 욕하지는 마. 나는 어쩔 도리가 없었어. 나는 바로 우리 시대의 아이였거든. 부디 이 점만은 알아줘"라고 소설을 끝맺으면서 청년에 대한 용서를 구한다.

이 작품을 읽다 보면 작품의 배경이 된 파시즘, 스페인 내전이 이미 먼 과거의 일인데도 마치 현재의 세계를 들여다보는 듯한 느낌이 든다. 그건 아마 아직도 조국이나 민족을 위해서 무고한 개인이 희생되고, 세계 곳곳에서 명분만 앞세운 무의미한 전쟁이 계속되고 있기 때문일 것이다. 이 작품이 1939년에 발표되었는데도 진부하거나 시대에 뒤떨어진다고 느껴지지 않는 것도 바로 이런 사실 때문일 것이다.

21세기가 시작되었는데도 꿈꾸던 평화로운 시대는 오지 않았고 인류의 이기심과 잔혹성은 호르바트가 살았던 그때와 별다를 바가 없다. 대체 인류는 언제쯤이면 욕심을 버리고 다 같이 행복해질 길을 찾을까. 이 작품의 청년처럼 스스로 파멸하기 전에는 잘못을 깨닫지도 평온을 얻지도 못하는 걸까. 우리 시대의 아이들은 과연 청년의 길을 답습할지 아니면 다른 현명한 길을 선택할지 몹시 궁금해진다.

외덴 폰 호르바트. 낯선 이름만큼이나 생소한 이 작가를 처음 접한 것은 90년대 초입쯤이다. 그 당시 대학 선배가 유학을 떠나면서 사람들에게 책을 나눠줬는데, 별로 친하지 않았던 나에게도 뜻밖에 차례가 돌아왔다. 그때 얻은 책이 바로 호르바트의 《신 없는 청년》이었다.

지금도 마찬가지지만 그때는 한국에서 독일어권 원서를 구하는 게 힘들었고, 그나마 구할 수 있는 문학 작품은 괴테나 헤세 같은 몇몇 유명 작가들에 한정되어 있었기 때문에 그 책은 내게 너무나 귀중한 선물이었다. 그래서 생전 처음 들어보는 작가였지만 열심히 사전을 찾아가며 그 소설을 읽었고, 책을 다 읽었을 때는 뜻밖에 보물을 발견한 듯한 느낌이 들었다. 하지만 어디에서도 그 작가의 원서나 한글로 번역된 작품을 찾을 수 없었기에 나의 호르바트에 대한 관심은 그렇게 묻혀버렸다. 마음 한구석에는 언젠가 그의 작품을 번역하고 싶다는 소망을 간직한 채.

그러다 최근 우리나라에 널리 소개되지 않은 훌륭한 독일어권 작가들을 찾게 되었고, 문득 호르바트를 떠올렸다. 그리고 정말 운 좋게도 그의 마지막 소설인《우리 시대의 아이》를 번역할 기회를 갖게 되었다. 이 책의 번역을 맡은 것이 스스로 생각해도 너무나 큰 행운이기에 말로 다 표현할 수 없이 기쁘지만, 다만 한 가지 두려운 것은 나의 치졸한 번역으로 혹시 작품의 맛과 재미를 반감시키지 않을까 하는 점이다. 그래도 젊은 시절을 치열하게 고민하며 살고 있거나 살았던 사람이라면 누구나 공감하며 읽을 거라고 생각한다. 아직도 세상은 너무나 부조리하고 약자를 돌아보지 않기에.

끝으로 이 작품을 번역할 기회를 준 문예출판사의 용기 있는 선택에 진심으로 고마움을 표하고 싶다. 이번 계기로 호르바트의 다른 작품들도 우리나라에 소개되기를 감히 소망해본다.

옮긴이

외덴 폰 호르바트 연보

1901년   합스부르크 제국의 피우메(오늘날 크로아티아)에서 태어났다. 아버지가 헝가리 외교관이어서 어릴 때부터 베오그라드, 부다페스트, 빈, 뮌헨 등 여러 곳을 돌아다니며 살았다.

1919년   뮌헨대학교에 입학하여 본격적으로 글을 쓰기 시작했다.

1920년   첫 작품 《무도서》를 비롯해 여러 편의 작품을 집필했으나 이 시기에 쓴 작품은 대부분 폐기했다.

1924년   당시 젊은 예술가들의 중심지였던 베를린으로 이주해 직접 겪은 일과 주변의 인물과 사건 등에서 소재를 얻어 작품 구상에 몰두했다.

1929년   《슬라덱 또는 보수적 군대》를 발표하여 국가사회주의(나치즘)를 비판했다. 희곡 《산악철도》 공연이 성공해 주목받았다.

1931년 《이탈리아의 밤》,《빈의 숲 이야기》공연이 크게 성공했다. 《빈의 숲 이야기》로 독일 유수의 문학상인 클라이스트상을 받았다.

1933년 고달픈 민중의 삶, 개인과 사회의 갈등, 파시즘의 대두 등을 작품의 소재로 삼아 꾸준히 글을 쓰던 중 히틀러가 집권해 작품 상연 금지 처분을 받았다. 이후 오스트리아로 망명했으나 오스트리아에서도 같은 처분을 받았다. 이후 일정한 주거 없이 떠도는 생활이 시작됐다.

1937년 잇단 상연 금지 조치로 산문과 소설 창작에 관심을 돌린 후 소설《신 없는 청년》을 발표했다. 이 작품은 1년 만에 유럽 여덟 개 언어로 번역되었으나 나치에게는 금서로 지정되었다. 최후의 소설《우리 시대의 아이》를 완성했다.

1938년 《신 없는 청년》영화화 논의 후 집으로 돌아가던 길에 번개를 맞고 떨어지는 나뭇가지에 머리를 맞아 서른일곱의 젊은 나이에 요절했다. 호르바트 사후《우리 시대의 아이》가 암스테르담과 뉴욕에서 출판되었다. 이후 그의 작품은 한동안 묻혔다가 1960년대 재발굴되었고 희곡뿐 아니라 소설 역시 각색되어 지금까지도 꾸준히 무대에 오르고 있다.

옮긴이 **조경수**

연세대학교 독어독문학과와 한국외국어대학교 통역대학원을 졸업하고 현재 전문 번역가로 활동 중이다. 옮긴 책으로《사과씨의 맛》,《걸작 인간》,《왜 사랑인 줄 몰랐을까》,《발칙하고 통쾌한 교사 비판서》,《빈둥빈둥 투닉스 왕》등이 있다.

우리 시대의 아이

1판 1쇄 발행 2002년 10월 20일
3판 1쇄 발행 2025년 10월 27일

지은이 외덴 폰 호르바트 | 옮긴이 조경수
펴낸곳 (주)문예출판사 | 펴낸이 전준배
출판등록 2004. 02. 11. 제 2013-000357호 (1966. 12. 2. 제 1-134호)
주소 04001 서울시 마포구 월드컵북로 21
전화 02-393-5681 | 팩스 02-393-5685
홈페이지 www.moonye.com | 블로그 blog.naver.com/imoonye
페이스북 www.facebook.com/moonyepublishing | 이메일 info@moonye.com

ISBN 978-89-310-2596-5 04800
ISBN 978-89-310-2365-7 (세트)

• 잘못 만든 책은 구입하신 서점에서 바꿔드립니다.

문예출판사® 상표등록 제 40-0833187호, 제 41-0200044호

■ 문예세계문학선

★ 서울대, 연세대, 고려대 필독 권장 도서　▲ 미국대학위원회 추천 도서
● 《타임》 선정 현대 100대 영문 소설　▽ 《뉴스위크》 선정 세계 100대 명저

	1 젊은 베르테르의 슬픔 괴테 / 송영택 옮김
▲▽	2 멋진 신세계 올더스 헉슬리 / 이덕형 옮김
▲●▽	3 호밀밭의 파수꾼 J. D. 샐린저 / 이덕형 옮김
	4 데미안 헤르만 헤세 / 구기성 옮김
	5 생의 한가운데 루이제 린저 / 전혜린 옮김
	6 대지 펄 S. 벅 / 안정효 옮김
●▽	7 1984 조지 오웰 / 김승욱 옮김
▲●▽	8 위대한 개츠비 F. 스콧 피츠제럴드 / 송무 옮김
▲●▽	9 파리대왕 윌리엄 골딩 / 이덕형 옮김
	10 삼십세 잉게보르크 바흐만 / 차경아 옮김
★▲	11 오이디푸스왕·안티고네 외 소포클레스·아이스킬로스 / 천병희 옮김
★▲	12 주홍글씨 너새니얼 호손 / 조승국 옮김
▲●▽	13 동물농장 조지 오웰 / 김승욱 옮김
★	14 마음 나쓰메 소세키 / 오유리 옮김
★	15 아Q정전·광인일기 루쉰 / 정석원 옮김
	16 개선문 레마르크 / 송영택 옮김
★	17 구토 장 폴 사르트르 / 방곤 옮김
	18 노인과 바다 어니스트 헤밍웨이 / 이경식 옮김
	19 좁은 문 앙드레 지드 / 오현우 옮김
★▲	20 변신·시골 의사 프란츠 카프카 / 이덕형 옮김
★▲	21 이방인 알베르 카뮈 / 이휘영 옮김
	22 지하생활자의 수기 도스토옙스키 / 이동현 옮김
★	23 설국 가와바타 야스나리 / 장경룡 옮김
★▲	24 이반 데니소비치의 하루 알렉산드르 솔제니친 / 이동현 옮김
	25 더블린 사람들 제임스 조이스 / 김병철 옮김
★	26 여자의 일생 기 드 모파상 / 신인영 옮김
	27 달과 6펜스 서머싯 몸 / 안흥규 옮김
	28 지옥 앙리 바르뷔스 / 오현우 옮김
★▲	29 젊은 예술가의 초상 제임스 조이스 / 여석기 옮김
▲	30 검은 고양이 애드거 앨런 포 / 김기철 옮김
★	31 도련님 나쓰메 소세키 / 오유리 옮김
	32 우리 시대의 아이 외덴 폰 호르바트 / 조경자 옮김
	33 잃어버린 지평선 제임스 힐턴 / 이경식 옮김
	34 지상의 양식 앙드레 지드 / 김붕구 옮김
	35 체호프 단편선 안톤 체호프 / 김학수 옮김
	36 인간 실격 다자이 오사무 / 오유리 옮김
	37 위기의 여자 시몬 드 보부아르 / 손장순 옮김
●▽	38 댈러웨이 부인 버지니아 울프 / 나영균 옮김
	39 인간 희극 윌리엄 사로얀 / 안정효 옮김
	40 오 헨리 단편선 오 헨리 / 이성호 옮김
★	41 말테의 수기 R. M. 릴케 / 박환덕 옮김
	42 파비안 에리히 케스트너 / 전혜린 옮김
★▲▽	43 햄릿 윌리엄 셰익스피어 / 여석기 옮김
	44 바라바 페르 라게르크비스트 / 한영환 옮김
	45 토니오 크뢰거 토마스 만 / 강두식 옮김
	46 첫사랑 이반 투르게네프 / 김학수 옮김
	47 제3의 사나이 그레이엄 그린 / 안흥규 옮김
★▲▽	48 어둠의 심장 조지프 콘래드 / 이덕형 옮김
	49 싯다르타 헤르만 헤세 / 차경아 옮김
	50 모파상 단편선 기 드 모파상 / 김동현·김사행 옮김
	51 찰스 램 수필선 찰스 램 / 김기철 옮김
★▲▽	52 보바리 부인 귀스타브 플로베르 / 민희식 옮김
	53 페터 카멘친트 헤르만 헤세 / 박종서 옮김
★	54 몽테뉴 수상록 몽테뉴 / 손우성 옮김
	55 알퐁스 도데 단편선 알퐁스 도데 / 김사행 옮김
	56 베이컨 수필집 프랜시스 베이컨 / 김길중 옮김
★▲	57 인형의 집 헨리크 입센 / 안동민 옮김
	58 소송 프란츠 카프카 / 김현성 옮김
★▲	59 테스 토마스 하디 / 이종구 옮김
★▽	60 리어왕 윌리엄 셰익스피어 / 이종구 옮김
	61 라쇼몽 아쿠타가와 류노스케 / 김영식 옮김
▲▽	62 프랑켄슈타인 메리 셸리 / 임종기 옮김
▲●▽	63 등대로 버지니아 울프 / 이숙자 옮김
	64 명상록 마르쿠스 아우렐리우스 / 이덕형 옮김
	65 가든 파티 캐서린 맨스필드 / 이덕형 옮김
	66 투명인간 H. G. 웰스 / 임종기 옮김
	67 게르트루트 헤르만 헤세 / 송영택 옮김
	68 피가로의 결혼 보마르셰 / 민희식 옮김

(뒷면 계속)

★ 69 팡세 블레즈 파스칼 / 하동훈 옮김	▲107 죄와 벌 1 표도르 도스토옙스키 / 김학수 옮김
70 한국단편소설선 김동인 외 / 오양호 엮음	▲108 죄와 벌 2 표도르 도스토옙스키 / 김학수 옮김
71 지킬 박사와 하이드 로버트 L. 스티븐슨 / 김세미 옮김	109 밤의 노예 미셸 오스트 / 이재형 옮김
▲ 72 밤으로의 긴 여로 유진 오닐 / 박윤정 옮김	110 바다여 바다여 1 아이리스 머독 / 안정효 옮김
★▲▽ 73 허클베리 핀의 모험 마크 트웨인 / 이덕형 옮김	111 바다여 바다여 2 아이리스 머독 / 안정효 옮김
74 이선 프롬 이디스 워튼 / 손영미 옮김	112 부활 1 레프 톨스토이 / 김학수 옮김
75 크리스마스 캐럴 찰스 디킨스 / 김세미 옮김	113 부활 2 레프 톨스토이 / 김학수 옮김
★▲ 76 파우스트 요한 볼프강 폰 괴테 / 정경석 옮김	▲●114 그들의 눈은 신을 보고 있었다
▲ 77 야성의 부름 잭 런던 / 임종기 옮김	조라 닐 허스턴 / 이미선 옮김
★▲ 78 고도를 기다리며 사뮈엘 베케트 / 홍복유 옮김	115 약속 프리드리히 뒤렌마트 / 차경아 옮김
★▲▽ 79 걸리버 여행기 조너선 스위프트 / 박용수 옮김	116 제니의 초상 로버트 네이선 / 이덕희 옮김
80 톰 소여의 모험 마크 트웨인 / 이덕형 옮김	117 트로일러스와 크리세이드
★▲▽ 81 오만과 편견 제인 오스틴 / 박용수 옮김	제프리 초서 / 김영남 옮김
★▽ 82 오셀로·템페스트 윌리엄 셰익스피어 / 오화섭 옮김	118 사람은 무엇으로 사는가
★ 83 맥베스 윌리엄 셰익스피어 / 이종구 옮김	레프 톨스토이 / 이순영 옮김
▽ 84 순수의 시대 이디스 워튼 / 이미선 옮김	119 전락 알베르 카뮈 / 이휘영 옮김
★ 85 차라투스트라는 이렇게 말했다 니체 / 황문수 옮김	120 독일인의 사랑 막스 뮐러 / 차경아 옮김
★ 86 그리스 로마 신화 이디스 해밀턴 / 장왕록 옮김	121 릴케 단편선 R. M. 릴케 / 송영택 옮김
87 모로 박사의 섬 H. G. 웰스 / 하동훈 옮김	122 이반 일리치의 죽음 레프 톨스토이 / 이순영 옮김
88 유토피아 토머스 모어 / 김남우 옮김	123 판사와 형리 F. 뒤렌마트 / 차경아 옮김
★▲ 89 로빈슨 크루소 대니얼 디포 / 이덕형 옮김	124 보트 위의 세 남자 제롬 K. 제롬 / 김이선 옮김
90 자기만의 방 버지니아 울프 / 정윤조 옮김	125 자전거를 탄 세 남자 제롬 K. 제롬 / 김이선 옮김
▲ 91 월든 헨리 D. 소로 / 이덕형 옮김	126 사랑하는 하느님 이야기 R. M. 릴케 / 송영택 옮김
92 나는 고양이로소이다 나쓰메 소세키 / 김영식 옮김	127 그리스인 조르바 니코스 카잔차키스 / 이재형 옮김
★ 93 폭풍의 언덕 에밀리 브론테 / 이덕형 옮김	128 여자 없는 남자들 어니스트 헤밍웨이 / 이종인 옮김
★▲ 94 스완네 쪽으로 마르셀 프루스트 / 김인환 옮김	129 사양 다자이 오사무 / 오유리 옮김
★ 95 이솝 우화 이솝 / 이덕형 옮김	130 슌킨 이야기 다니자키 준이치로 / 김영식 옮김
★ 96 페스트 알베르 카뮈 / 이휘영 옮김	131 실종자 프란츠 카프카 / 송경은 옮김
▲ 97 도리언 그레이의 초상 오스카 와일드 / 임종기 옮김	132 시지프 신화 알베르 카뮈 / 이가림 옮김
98 기러기 모리 오가이 / 김영식 옮김	133 장미의 기적 장 주네 / 박형섭 옮김
★▲ 99 제인 에어 1 샬럿 브론테 / 이덕형 옮김	134 진주 존 스타인벡 / 김승욱 옮김
★▲100 제인 에어 2 샬럿 브론테 / 이덕형 옮김	135 황야의 이리 헤르만 헤세 / 장혜경 옮김
101 방황 루쉰 / 정석원 옮김	136 피난처 이디스 워튼 / 김우동 옮김
102 타임머신 H. G. 웰스 / 임종기 옮김	137 이상한 나라의 앨리스·거울 나라의 앨리스
●103 보이지 않는 인간 1 랠프 엘리슨 / 송무 옮김	루이스 캐럴 / 이순영 옮김
●104 보이지 않는 인간 2 랠프 엘리슨 / 송무 옮김	138 빨강 머리 앤 루시 모드 몽고메리 / 이순영 옮김
▲105 훌륭한 군인 포드 매덕스 포드 / 손영미 옮김	
106 수레바퀴 아래서 헤르만 헤세 / 송영택 옮김	